KB096247

에디
혹은
애슐리

김성중 소설집

에디

혹은

애
슐
리

창비

차례

레오니

뻬드로와 레오니는 비행기를 타러 갑니다. 뻬드로는 나의 오빠 이름이고 레오니는 내 이름입니다. 우리는 여섯살 물병자리 쌍둥이입니다. 뻬드로가 오분 먼저 태어났지만 내가 모은 원형딱지를 받으면서 그냥 동시에 태어난 걸로 하기로 했습니다. 팥죽 한그릇에 장자의 권리를 판 에사오의 경우와 마찬가지라고 할까요. 동생이며 여자인 내가 영악한 야곱에 어울립니다. 이 모든 것은 성경공부를 시작한 열두살 이후에 알게 된 일이지만 어쨌든 여섯살 무렵에 우리는 동시에 태어난 것으로 약정을 맺었다 ─ 는 것을 서두에 밝혀두기로 하겠습니다.

우리 가족은 필리핀 여행을 앞두고 있습니다. 아빠의 엄마의 엄마가 정한 규칙으로 오년에 한번씩 전 세계에 흩어진 가족들이 한

자리에 모이는 주간입니다. 오년이라는 기간이 딱 적당하다고 증조할머니가 그러셨대요. 그보다 자주 모이기는 힘들고, 그보다 뜸하게 만나면 핏줄을 아예 잊게 될 거라고요. 필리핀의 많은 가족들이 그렇듯 우리 식구들도 전 세계에 뿔뿔이 흩어져 있습니다. 몹시 앓고 난 뒤 증조할머니가, 죽기 전에 자식들 한자리에 모아 밥이라도 먹는 게 소원이라고 하셨고 그때 다들 처음으로 모였다나요. 증조할머니는 아직까지 살아 계시고 이번은 세번째 모임이라고 합니다.

부모님은 몇달 전부터 걱정이 태산이었습니다.

첫번째 걱정은 아무래도 막대한 여비겠지요. 네 가족이 보름간 필리핀에 머물 수 있는 돈을 마련하기 위한 두분의 고생은 이루 말할 수 없었습니다. 아빠는 머나먼 칠레에서 자리잡느라 한번도 가족 모임에 참석하지 못하셨대요. 그래서 십년 넘게 저축을 해왔습니다. 휴가를 받는 것도 큰일이었는데 이 역시 몇년에 걸친 성실한 근무 덕분에 가능했습니다.

또다른 고민은 이제 여섯살인 두 아이를 데리고 두번 경유해 산티아고에서 마닐라까지 서른일곱시간을 비행하는 일입니다. 잠시도 가만히 있지 않는 쌍둥이를 어떻게 통제할 수 있을까, 장시간의 비행에 아프지나 않을지, 분명 떼를 쓸 텐데 다른 승객의 눈치를 어떻게 감당해야 하나 엄마는 걱정이 한가득입니다. 하지만 걱정은 어른들의 것이지요. 우리는 '비행기를 타러 간다'는 말에 한껏 들떴기 때문에 '비행기는 오래 탈수록 좋다'는 결론을 내렸습니다.

우리 해바라기 유치원에는 비행기를 타고 여름휴가를 다녀온 아이들이 세 명 있습니다. 곤잘레스는 미국, 훌리아나는 스페인, 아드리안은 아르헨티나에 다녀왔습니다. 셋 다 휴가를 다녀와서 엄청나게 뻐겼기 때문에 나머지 아이들은 부러워하면서도 약이 오르지 않을 수 없었습니다. 너희들은 돈이 없으니까 비행기를 못 타는 거야. 이런 식으로 아드리안이 말했을 때 나는 어이가 없었습니다. 왜냐하면 맞는 말이니까요. 당연한 말을 대단한 뉴스라도 된다는 듯 알려주다니, 아드리안은 예의라는 것을 한참 더 배워야 할 것 같습니다. 뻬드로와 내가 모래밭으로 데려가서 친절하게 '예의'를 알려주었더니 아드리안은 엉엉 울면서 이렇게 소리치는 것이 아니겠어요?

"더러운 필리피노들, 네 나라로 돌아가!"

네, 그럴 참입니다. 우리는 오늘 출국합니다. 세상이 두쪽 나는 한이 있더라도 오년에 한번씩 열리는 가족 모임에는 가야 한다고, 어쩌면 노할머니가 돌아가시기 전 마지막 모임이 될지도 모르니 꼭 가야 한다고 아버지는 강조하셨습니다.

어머니는 그 참에 민다나오에 있는 친정에 다녀올 수 있겠다는 기대를 품고 아버지와 함께 돈과 뜻을 모았습니다. 우리는 그저 비행기 타는 게 신이 났을 뿐이죠. 아드리안의 콧대를 정당하게 꺾어줄 기회가 온 것이니까요.

비행 과정은 생략하겠습니다. 처음에는 신났지만 금세 지루하고 피곤해 죽을 지경이었다는 것만 말해둘게요. 뻬드로가 바지에 한 번 똥 싼 얘기만은 빼놓을 수 없군요. 여섯살인데 똥을 지리다니, 어지간히 긴장한 모양이에요.

마닐라에 도착해보니 ―

휴, 너무 덥고 습해요. 공항에 내릴 때부터 깜짝 놀랐어요. 우리가 사는 칠레와 달리 이곳의 더위는 무겁고 축축한 이불을 뒤집어쓰고 있는 것 같았습니다. 사방에서 풍겨오는 달짝지근한 음식 냄새도 신기했어요. 가장 신기한 것은 ― 당연한 말이지만 ― 대부분이 동양인이라는 것입니다. 우리 동네에서 아시아인은 우리 가족뿐이거든요. 그런데 여기는 전부 비슷한 사람들만 있으니까 편하기도 하고 신기하기도 하더라고요.

뻬드로는 감기에 걸려버렸습니다. 저도 좀 으슬으슬해요. 비행기에서 에어컨을 너무 세게 틀어서 그런 걸까요? 어른들은 마닐라의 집에 도착하자마자 우리에게 깔라만시 즙을 먹였습니다. 감기에 특효약이라나요.

그러면 묻습니다. 감기약을 왜 음식마다 집어넣는 걸까요? 수프에도 뿌리고 고기요리 생선요리 할 것 없이 죄다 깔라만시 맛이 났습니다. 맛이 없었냐고요? 맛있었어요. 평소에 먹는 음식보다 달았지만 다 맛있고 입에 맞았습니다. 다만 감기약을 요리마다 왜 집어넣는 것일까 궁금했을 뿐입니다.

필리핀 집은 생각보다 넓었습니다. 이층으로 된 튼튼한 벽돌집으로 별채도 따로 있습니다. 한번에 지은 것이 아니고 조금씩 늘려 갔기 때문에 약간 괴짜 느낌이 나는 집입니다. 전 세계에 흩어진 자식들이 보내주는 돈 때문에 집은 계속 자라나는 중입니다. 튼튼하게 짓지 않았다면 집이 터져나가고 말았을 거예요. 수십 명 넘게 들락거리는데다 별채도 모자라 옆집까지 빌려 쓰는 처지니까요.

어디를 가나 우글대는 사람들 때문에 정신을 차릴 수 없었습니다. 지금까지 가족은 엄마와 아빠와 뻬드로, 이렇게 세 사람이 전부였는데 갑자기 열배도 넘는 사람들이 전부 '가족'이라며 쓰다듬고 뽀뽀하고 난리니 말예요. 낯선 사람들 사이에 있으려니 뻬드로와 내가 쌍둥이라는 게 참 다행이라는 생각이 들어요. 어쨌든 우리는 혼자가 아니라 둘이니까요.

자동세차장의 걸레손(마구 돌아가는 대걸레 말이에요. 그걸 뭐라고 부르는지 모르겠네요)처럼 여기저기 날아드는 어른들의 손과 한바탕 전쟁을 치른 후 우리는 증조할머니에게 인사를 드리러 갔습니다. 노할머니 이야기를 하도 들어서 살아 있는 성녀 같은 느낌이었는데, 막상 뵐 때는 울지 않으려고 무지 노력해야 했어요. 이가 다 빠져 쪼그라든 입은 정말로 무서웠습니다. 증조할머니는 물고기 영화에 나오는, 알을 다 낳고 배가 홀쭉하게 줄어든 암컷 물고기 같았어요.

저는 할머니와 눈을 마주치지 않으려고 벽에 붙어 있는 가족사진을 쳐다보았습니다. 사진 속에는 이 집을 배경으로 대가족이 활짝 웃고 있습니다. 그 옆에 붙어 있는 세계지도도 눈길을 끌었습니다. 군데군데 색칠이 되어 있었는데, 우리 식구들이 이주해간 나라를 표시해둔 것이라고 해요. 대단하지요. 이 꼬부랑 할머니의 몸에서 나온 자식들이 아프리카를 제외한 사 대륙에 가 있다고 생각해보세요! 마닐라 밖으로 한발짝도 나가지 않은 증조할머니에게 '세계'라는 말은 '내 새끼들 살고 있는 곳'쯤인지도 모르겠습니다.

"네가 제이미의 아이들이구나."

할머니가 우리를 지그시 내려다보았는데 겁쟁이 뻬드로는 울음을 터뜨렸습니다. 그렇게 늙은 사람을 처음 본 것이니까요. 비행기에서 똥을 지린 것처럼 뻬드로는 참다 참다 울어버린 것이죠.

뻬드로가 사고를 칠수록 저는 의젓해집니다. 예의 바르게 인사를 드렸더니 증조할머니가 제 머리를 쓰다듬어주셨어요. 할머니의 손길이 신부님의 축성만큼이나 성스러운 것이라고 아빠가 말했습니다. 세계 어디를 가더라도 할머니가 내린 축복은 사라지지 않을 것이라고요.

아빠의 말 중에는 틀린 것이 더 많았지만 이 말은 맞는 것 같습니다. 제가 여섯살을 지나, 열두살을 지나, 스무살을 지나, 그렇게 점점 이 시간에서 멀어져보니까 말이에요.

이 집은 꼭 동물원 같습니다. 한 종류의 동물들만, 그러니까 '레예스'란 성씨를 달고 있는 동물들만 있지만 말이에요.

어른들이 식사 준비를 하는 동안 할머니가 아이들에게 할로할로를 주었습니다. 할로할로는 새콤달콤한 빙수 같은 것인데 필리핀에 머무는 동안 하루에 세번씩은 먹은 것 같습니다. 망고가 특히 맛있더군요.

제 눈에 가장 대단해 보인 사람은 증조할머니의 며느리, 즉 우리 할머니입니다. 자그마한 체구지만 엄청나게 박력이 넘쳐요. 부엌에서 만들어지는 음식을 최종적으로 간 보는 것도, 늦게 온 사람들의 방을 정해주는 것도, 우왕좌왕하는 어른들에게 적당한 일을 주거나 필요한 것들을 내주는 것도 모두 할머니의 몫이었습니다. 어떨 때는 말도 없이 손만 휙휙 휘둘렀는데 그럴 때마다 어른들이 일사불란하게 움직였습니다. 꼭 지휘자 같다고 할까요.

필리핀에 있는 동안에는 식사를 중심으로 하루가 돌아갔습니다. 다들 못 먹은 고향 음식에 복수라도 하듯 먹어댔고, 나머지 시간은 어슬렁거리며 한담이나 나누곤 했어요.

여섯살 인생 중 그렇게 많은 음식이 쌓여 있는 것은 처음 보았습니다(오년이 지나 내가 두번째로 마닐라에 갔을 때에는 증조할머니가 돌아가셨기 때문인지 인원도 줄고 음식도 전과 같지 않았거든요). 우리 앞의 식탁 좀 보세요. 새콤한 생선 수프, 코코넛 식초와 땅콩기름을 넣고 버무린 채소 요리들, 잎과 꽃으로 화려하게 장식한 송아지 통구이, 산더미같이 쌓인 판싯비혼, 그린 망고를 곁들인 삼겹살, 온갖 종류의 아도보…… 달고 짜고 시고 맛있는 요리가 지천으로 널려 있었습니다.

처음에는 전통식이었지만 할머니의 요리는 갈수록 기묘한 것으로 변했습니다. 요리에 관한 한 언제든 실험할 준비가 되어 있는 할머니는 친척들이 가져온 향신료를 활용해 색다른 요리를 선보였는데요, 엉망진창일 때도 있었지만 성공할 때가 더 많았습니다. 국적 불명의 요리는 우리 집의 정체성 같은 거였어요. 터키에서 온 사프란, 멕시코에서 온 살사, 인도에서 온 커리, 한국에서 온 고추장, 그밖에도 온갖 조미료와 소스들이 총동원되어 요리에 뿌려졌고 모두의 입을 통해 배 속으로 들어갔습니다. 그 음식들이 배 속에 쌓여갈수록 친척들은 원래부터 필리핀에서 살아온 대가족처럼 친밀해졌지요.

할아버지는 있으나 마나 한 존재였지만 술판에서는 달랐습니다. 할머니는 할아버지더러 '젊어서는 여자와 놀아나더니 늙어서는 텔레비전 앞에 죽치고 앉아 술이나 축내는 것이 주특기'라고 하셨지만 할아버지의 진짜 주특기는 노래입니다. 할아버지는 흥겨운 노래도 구슬픈 노래도 다 잘 부르셨습니다. 할아버지가 슬픈 노래를 부르면 가족들은 따라 부르면서 눈물을 흘렸습니다.

그러다 모두가 자리에서 일어나 춤을 추는 댄스파티로 이어졌지요. 증조할머니는 휠체어에서 잠깐 일어섰다 다시 앉았는데, 전 그걸 '증조할머니의 춤'이라고 생각합니다. 날마다 파티, 필리핀에서의 첫 일주일은 그런 느낌이었어요.

물갈이 설사를 줄기차게 해대는 뻬드로는 방구석에 늘어져 있을 때가 많았습니다. 엄마는 오빠를 잘 돌보라고 하는데 저도 똑같은 여섯살이라고요. 여섯살이 여섯살을 봐야 얼마나 잘 보겠어요? 엄마도 딱히 기대하고 한 말은 아니라고 봐요. 그래서 뻬드로를 내버려두고 혼자 돌아다니기 시작했습니다.

그러다 단짝 하나를 만들었는데요, 저의 새 단짝은 '덴마크 삼촌' 크리스티안입니다. 덴마크 삼촌이라 부르는 이유는 "덴마크에서는 말이야" "덴마크는 정말 이상해" "이렇게 있으니까 덴마크 생각이 난다" 등등 말끝마다 덴마크, 덴마크 그러거든요. 꼭 노래의 후렴구처럼요.

덴마크 삼촌은 집안을 통틀어 공부를 가장 많이 한 사람이고 유일하게 유럽에서 온 사람입니다. 뭐라더라, 박사님이래요. 학위가 하나도 모자라 두개나 된대요. 삼촌은 말을 정말 재미나게 해요. 말을 너무 잘하는 사람을 보면 감탄스럽기도 하고 즐겁기도 하잖아요? 삼촌이 꼭 그래요.

"사람은 환경의 지배를 받는 동물 아닙니까? 알래스카와 나이지리아에 있는 사람들이 같을 수 없고, 양을 치는 사람들과 사탕수수를 베는 사람들이 같은 수는 없는 노릇이죠. 기후나 사회, 문화 환경이 개인에게 흔적을 남기는 것은 당연해요. 그러니까 국민 전체를 하나로 볼 순 없지만 멀리서, 아주 멀리서 놓고 보면 하나의 캐릭터처럼 보일 수도 있지요. 저는 한동안 중세를 연구했습니다. 계속 들여다보니 천년 동안의 사람들이 한명처럼 여겨지기도 하더군요."

삼촌은 중세에 대한 흥미로운 연구를 잔뜩 늘어놓았습니다. 어려운 말이긴 한데 하도 설명을 잘하니까 머릿속에 통째로 쏙 들어오는 느낌이에요. 하지만 지금 중세 얘기나 할 때가 아니잖아요?

이민자들의 무용담이 시작되자 덴마크 삼촌의 말은 들리지 않았습니다. 병에 걸리고, 사기를 당하고, 여권을 빼앗기고, 음식이 입에 맞지 않고, 두들겨 맞거나 돈을 못 받고, 말이 안 통해 별별 꼴을 다 겪고…… 누가 더 힘들게 살았나 내기라도 벌인 것 같았어요. 그러다가 호주가 좋다느니 일본이 좋다느니 캐나다가 인건비를 많이 쳐준다느니 하는 정보들이 오가기 시작했습니다. 무슨 일을 해서 얼마를 벌었다, 적응하는 데 몇년이 걸렸다, 이런 얘기들이 끝없이 이어졌지요.

제 새로운 단짝은 가족들에게 존경은 받지만 사랑은 받지 못하는 것 같아요. 어른들 사이에 끼지 못한 삼촌은 그래서인지 주로 저랑 놀았습니다. 저는 삼촌처럼 똑똑한 사람이 참 좋아요. 삼촌은 그때로부터 팔년 후 갑작스레 돌아가셨지만 매년 생일 선물과 크리스마스 카드를 보내주셨습니다. 제가 덴마크에서 대학을 다니게 된 것도 삼촌이 애써주셨기 때문입니다.

삼촌이랑 이마를 맞대고 놀고 있는데 누군가 지나가는 말처럼 톡 쏘아붙이더라고요. "가족들 등골 빼고 공부를 했으면 출세를 해야 하는데 결혼도 못 하고 돈도 못 번다" 이렇게요. 돈, 어른들에게는 돈이 중요합니다. "돈 있으면 존경, 없으면 멸시, 이게 전 세계에 통용되는 법칙이지"라며 덴마크 삼촌은 한숨을 쉬었습니다.

"내가 007가방 하나 들고 쿠바에 갔을 때……"

미국에서 온 호세 삼촌의 연설이 시작되자 모두가 집중해서 듣기 시작합니다. 영어를 할 줄 아는 이민자들이 최종적으로 뿌리내리고 싶어하는 나라는 결국 미국입니다. 거기에서 성공한 사람이 입을 열었으니 다들 눈빛이 뜨거울 수밖에요. 사실 저는 두번이나 들은 내용이지만 호세 삼촌의 이민담은 하나의 각본처럼 잘 짜여 있어서 여러번 들었던 사람의 귀도 다시 열리게 만든답니다.

호세 삼촌은 다섯 나라쯤 거쳐 성공을 거머쥔 인물입니다. 태국, 말레이시아를 거쳐 멕시코에서도 좀 살았는데 쿠바로 넘어갈 때 안경이 가득 든 가방을 가지고 갔답니다. 그때 쿠바는 미국으로부터 경제 봉쇄를 당해 모든 물자가 귀했기 때문에, 안경은 얼마든지 웃돈이 붙는 상품이었대요. 세번 부도나고 네번 사기를 당했지만 결국 삼촌은 미국에서 사장님이 되는 데 성공했습니다. 주유소를 세개나 가지고 있으니까요. 학위 두개보다는 가족의 존경을 받을 만한 업적이었습니다.

"경험 없이 사업을 시작하려는 사람은 돈으로 경험을 사려고 들지. 그러다보니 사기꾼에게 걸리게 된단 말씀이야. 하지만 사기꾼의 경험을 내 것으로 만들면 그게 다 수업료가 되는 거라고."

호세 삼촌의 말에 다들 고개를 끄덕끄덕합니다. 친척이지만 거물을 상대하고 있다, 이런 느낌이려나요. 심지어 호세 삼촌은 이 집에서 지내지도 않아요. 시내의 고급 호텔에 머물면서 저녁식사에나 몇번 참여하는 겁니다. 그때마다 친척들이 삼촌을 에워싸고 알랑방귀를 뀌지요.

나흘째 저녁식사에는 레천이 등장했습니다. 통돼지 바비큐 말이에요. 거대한 쟁반에 머리부터 꼬리까지 고스란히 올라앉은 새끼 돼지를 보자 다들 탄성과 휘파람을 불어댔습니다. 저만 비명을 질렀어요.

"잠깐, 이거 마당에서 놀던 피기 아니에요? 내가 이름까지 붙여주고 놀았는데요!"

사람들은 와하하하 웃으면서 보기에도 끔찍한 칼을 들고 피기를 자르기 시작했어요. 이렇게 잔인할 수가! 며칠 동안 별별 바비큐가 식탁에 올라오는 걸 봤지만 설마하니 키우던 돼지까지 잡아먹을 줄 알았겠어요. 그러고는 뭐라는 줄 아세요? '원래' 잡아먹으려고 키우던 거래요. 저는 세상에서 가장 듣기 싫은 말이 '원래'예요. 어른들은 그 말을 곤봉처럼 휘두르면서 아이들을 납작 깔아뭉개거든요. 하지만 이번엔 너무했어요. 절대, 절대, 용서할 수 없다고요!

나를 달래준 것은 역시 덴마크 삼촌입니다. 삼촌은 눈앞에서 잔인한 접시를 치워주고 우는 나를 정원으로 데려가주었습니다. 그러고는 별을 가리키면서 별자리에 얽힌 이야기들을 늘어놓았습니다. 제 관심을 돌리려는 수작인 줄 알면서도 삼촌 얘기가 재밌었기 때문에 저는 또 빠져들었습니다.

한바탕 울고 났더니 힘이 없네요. 그래서 저는 뻬드로에게 가보겠다고 하고 집 안으로 들어갔습니다.

방을 잘못 찾은 것 같아요. 비슷하게 생긴 방이지만 뻬드로는 보이지 않았습니다. 피기가 어떤 꼴이 되었는지 말해주고 싶은데 말이죠. 그대로 나오려는데 이상한 소리가 들려와 걸음을 멈췄습니다. 그 소리는 하마가 거친 숨을 쉬는 것 같기도 했고, 고양이가 울어대는 소리처럼 들리기도 했어요. 어떤 예감이, 들키면 안 된다는 예감이 번개처럼 지나가 옷장 아래 엎드렸습니다. 저는 항상 눈치가 빨랐거든요.

"……이러면 안 돼요."

"하지만 레나, 언제나 이 순간을 그려왔어. 꿈속에서 너는 대서양을 가로지르고 신발도 신지 않은 채 내 방 문 앞에 서 있었지. 문을 열자마자 내 품에 들어와 새벽이슬이 걷히기 전까지 안겨 있었어. 그렇게 오년 동안 한결같이 나와 함께였어."

"우리는 죄인이에요. 천벌을 받을 거예요."

그 말에 남자는 와락 여자를 껴안았습니다. 대체 누가 이런 영화 대사 같은 말을 하는 걸까요?

이윽고 남자와 여자는 침대에서 일어나 주섬주섬 옷을 꿰입고 나갔습니다. 달빛에 그들의 얼굴이 슬쩍 보였습니다. 두 사람이 나간 후 저는 좀더 있다가 가만히 방문을 열고 나왔는데 누군가 제 앞을 가로막았습니다.

안젤라 숙모였어요. 캐나다에서 미용 일을 하고 있는 숙모. 숙모는 저를 기둥 쪽으로 사납게 밀더니 낮은 목소리로 묻더군요.

"너, 저 방에서 나왔어?"

고개를 끄덕일 수밖에요.

"뭔가 봤지?"

저는 머리에 떠오르는 대로 말할 수밖에 없어요. 이것은 말을 배운 지 얼마 안 되는 모든 아이들의 운명입니다. 어렸을 때 저는 자주 토했습니다. 엄마가 말하기를 유아들은 식도와 위장이 일직선으로 되어 있어 걸핏하면 구토를 한다고 했습니다. 기억에는 없지만 토하면서 수치스러웠을 거예요. 수치심이란 그런 것입니다. 약한 모습을 적나라하게 보일 수밖에 없는 무력함. 나를 노려보는 숙모 앞에서 줄줄이 비밀을 불어버리는 게 정말로 싫었습니다.

"똑바로 말해. 그 방에서 우리 그이를 봤어, 못 봤어?"

"……봤어요."

"또 누구를 봤지?"

"레나 고모요."

이렇다니까요. 협박하듯 다그치는 사람에게 진실밖에 말하지 못하다니. 하지만 식도와 위장이 일직선인 것처럼 마음과 입도 일직선으로 이어져 있는 걸 어떡합니까.

제 말에 숙모는 얼어붙었습니다. 나중에 안 사실이지만 레나 고모와 삐올로 삼촌은 두 사람이 십대이던 시절부터 금지된 관계에 빠져 있었다고 합니다. 각각 다른 대륙에서 가정을 꾸린 두 사람이 이런 짓을 벌이고 있었다는 건 아무도 몰랐을 것입니다. 숙모는 냉장고에 낀 성에처럼 날카롭고 차가운 얼음이 되고 말았어요.

밖에서 사람들의 웃음소리가 커다랗게 들려왔고 숙모는 그제야 얼음에서 풀려났습니다. 그러고는 조용히 대문을 열고 나가버렸고 필리핀이라는 보다 큰 원 밖으로도 나갔습니다. 캐나다에 있는 자기 집으로 돌아가지도 않았습니다. 그렇게 안젤라 숙모는 우리 가족에게서 영원히 사라져버렸습니다. 이 모든 비밀은 제가 다 커서 알게 된 사실이지만요.

　　다음 날 정오에는 모두들 가장 좋은 옷으로 갈아입었습니다. 마당에 모여 가족사진을 찍기로 했거든요. 이제 증조할머니 뒤에 걸린 오년 전 사진은 오늘 찍은 사진으로 바뀌겠지요. 지도에는 새로운 깃발이 꽂히듯 다른 색으로 채색되는 나라들이 늘어날 것입니다.

　　저는 나비가 그려진 노란 원피스에 리본으로 머리를 묶고, 뻬드로는 하얀 남방에 남색 반바지를 차려입었습니다. 뻬드로는 싱글벙글 웃으며 우리보다 두어살 많은 사촌들의 꽁무니를 따라다니고 있습니다. 예전부터 그랬고 앞으로도 쭉 이어질 수수께끼 중 하나가 이건데요. 우리를 처음 본 사람들은 대개 저보다 뻬드로를 좋아합니다. 왜 그럴까요? 제가 말도 훨씬 잘하고 사고도 치지 않는데 뻬드로가 항상 더 인기가 많거든요. 지금도 뻬드로는 한 무리의 아이들과 즐겁게 어울리는데 저는 덴마크 삼촌처럼 우중충한 어른이랑 놀잖아요.

　　사진을 다 찍고 정원에서 덴마크 삼촌과 장난감을 만들고 있는데 검은 옷을 입은 한 남자가 대문에 들어섰습니다.

　　그 사람을 보자 다들 놀란 표정이었습니다. 유령이 돌아오기라도 한 듯 말이죠. 제가 '타투 삼촌'이라고 부르게 될 그는 멀리서도 눈에 확 띄는 존재감을 발산하고 있었습니다. 타투 삼촌은 시선을 끄는 게 너무 많아요. 우선 굉장한 미남입니다. 여섯 살 평생 그렇게 아름다운 남자는 처음 봤어요. 머리카락도 무지하게 길고요.

게다가 얼굴을 제외하고 옷 밖으로 드러난 몸은 전부 문신에 뒤덮여 있었습니다. 할머니가 달려와 무슨 짓을 하다가 이제 왔냐며 목을 끌어안고 우는 건지 야단치는 건지 모를 말을 늘어놓았을 때에도 삼촌은 별말이 없었습니다. 검은 민소매에 긴바지 차림인 삼촌의 머리 위에만 먹구름이 동동 떠 있는 것처럼 감히 말을 붙일 수 없는 분위기를 풀풀 풍겼습니다.

할머니가 음식을 차리러 들어가자 다들 힐끔대기만 할 뿐 말을 걸지 않았습니다. 그러니 괴짜를 좋아하는 제가 나설 수밖에요. 저는 고개를 까닥하고 오른쪽 팔을 가리켰습니다.

"안녕하세요 삼촌, 이 팔에 쓴 게 뭐예요?"

"누군가의 이름."

"그게 누군데요?"

삼촌은 물끄러미 나를 바라보기만 하더니 들릴락 말락 한 목소리로 "이게 내 고해소란다"라고 대답해주었습니다. 고해소라니, 신부님이 들어 있는 나무장롱 말인가요? 어른들 말 중에는 이상한 것이 많지만 그중에서도 가장 말이 안 되는 소리네요.

타투 삼촌이 탁자에 앉자 일본에서 살고 있는 루이자 고모와 우리 아빠, 덴마크 삼촌이 옆자리에 앉았습니다. 다른 대륙에서 살아온 삼남매가 한 식탁에 모인 거지요. 가족 속의 가족이라고 할까요. 타투 삼촌이 음식을 먹는 동안 어린 시절 이야기가 줄줄이 나왔습니다. 그들은 즉시 이 집에서 보내던 십대 시절로 돌아갔고 자기들끼리만 아는 얘기를 나눴습니다. 홀가분하고 친숙하게, 보이는 세상이라고는 작은 마을이 전부였던 시절의 자신이 되어.

"젊은 남자들의 대화는 오로지 술과 칙스뿐이잖아. 지겨웠어. 오빠들 대화에서 빠지고 싶었지."

저는 참지 못하고 '칙스'가 뭐냐고 물어보았어요. "어른 말씀하시는데 끼지 좀 마라." 제 평생 들어온 말을 아빠가 백만번째로 또 하네요. 그러자 고모가 '어린 여자애'라고 슬쩍 알려주더군요.

루이자 고모의 무기는 강력한 비웃음입니다. 아무리 강심장이래도 고모의 비웃음을 들으면 하던 말을 더이상 이어나갈 수 없을 거예요. 루이자 고모의 웃음에는 '너는 하찮고 네가 하는 말은 전부 개소리다'라는 메시지가 들어 있다고 아빠가 말했습니다.

루이자 고모는 가족 내에서 '허튼소리 감별사'라는 막강한 지위를 가지고 있습니다. 누군가 너무 잘난 체를 하거나 시비를 걸 기미만 보이면 루이자 고모는 신랄한 말투로 그 사람의 코를 납작하게 눌러버립니다. 루이자 고모도 덴마크 삼촌만큼이나 말을 잘하는데, 둘의 차이점이 있다면 고모의 말에는 다들 귀를 기울인다는 것입니다.

부자가 된 호세 삼촌은 루이자 고모가 일찍 결혼해 들어앉아버린 것을 두고두고 애석해했다고 합니다. 처음 필리핀을 떠날 때 사촌 누나인 루이자 고모와 함께 떠나기로 했는데 갑자기 임신을 해버려서 무지하게 화를 냈다나요. 호세 삼촌이 허튼짓을 하려다 고모 말을 듣고 정신을 차린 적이 한두번이 아니라서 누구보다 고모를 신뢰한다고 했습니다. 지금이라도 미국으로 오라고 했지만 루이자 고모는 "퍼낼 수 있는 우물물은 다 써버렸어"라며 쓴웃음을 지었습니다.

고모의 신랄한 어조는 특히 자신을 향할 때 심해졌는데요. 나더러는 결혼하지 말라고 했습니다. 앞으로 네 몸에서 뭔가가 변할 것인데, 자물쇠를 튼튼히 채우고 절대 남자에게 보여주지 말라고 했고요.

"무슨 말인지 모르겠어요."

"그래. 이 말을 이해하려면 한참 더 자라야겠지. 꼬마 아가씨는 행복하게 클 거라고 믿어. 네 부모는 선량하고 용기도 있지. 아주 바보들도 아니고 말이야. 네 엄마랑 몇마디만 말해봐도 알겠더라."

그렇지도 않습니다. '선량하고 용기도 있고 아주 바보도 아닌' 우리 가족은 십오년 후에 각자의 운명으로 뿔뿔이 흩어졌거든요. 엄마는 아빠와 이혼하고 나와 뻬드로 또한 어떤 일을 계기로 두번 다시 보지 않을 사이가 되고 말았습니다. 사각형의 선분이 다른 방향으로 향하듯 우리 가족은 서로에게 상처를 입힌 채 다음 삶으로, 식어버린 희망을 품고 나아갈 것입니다. 이별의 순간에 마닐라의 밤들은 아무런 힘도 발휘하지 못했습니다. 좋은 순간보다 나쁜 순간이 훨씬 더 힘이 세다는 것을 저는 십대가 지나기 전에 깨닫게 되었습니다.

마지막 만찬의 밤, 할머니는 가족 나무 아래 탁자란 탁자는 다 내놓아 길쭉한 식탁을 만드셨습니다. 그러고는 오지 못한 가족의 자리까지 남김없이 식기를 놓아두셨어요. 그렇게 해두는 것만으로도 그들의 일부가 이곳에 있기라도 한 것처럼 말이에요.

화사한 천으로 덮인 식탁에는 올라올 수 있는 모든 요리들이 올라왔고, 채울 수 있는 모든 잔들이 채워졌고, 기억나는 모든 추억도 불려왔습니다. 음식을 먹으면서 또다른 음식 이야기를 하는 건 마지막 날까지 똑같습니다. 각 나라들의 희한한 요리 이야기 중에 일등은 역시 중국이네요. 중국에 사는 작은아버지가 대화의 승자입니다.

"나는 산둥에 사는데 거긴 전갈도 먹어."

"전갈? 독은 어쩌고?"

"굵은 소금으로 문지르면서 꼬리의 독을 빼는 거야. 바삭하게 튀기면 생선튀김보다 백배는 맛있는 요리가 되지."

이어서 작은아버지는 뱀의 쓸개, 낙타 발톱, 새끼 거북이와 썩은 두부가 어떤 맛인지도 자세히 묘사했습니다. 이런 말을 가장 열심히 듣는 사람은 우리 할머니입니다. 할머니는 결심을 하나 털어놓았는데, 증조할머니가 돌아가시면 루이자 고모가 살고 있는 일본을 시작으로 세계 일주를 떠날 거라고 합니다. 물론 친척들 집만 돌아다니면서요. 역시 할머니는 배짱이 대단합니다.

"큰 방의 지도만 떼어가지고 가면 되겠지!"

"그럼요. 형수는 비행기 값만 들고 오세요. 얼마든지 모시고말고요."

술에 취한 작은아버지가 큰소리를 떵떵 칩니다. 여기저기서 언제든 오시라고, 대환영이라고 초대가 난무합니다. 가족들에게 음식만 해주면서 살기에 우리 할머니는 그릇이 너무 커요. 그런 할머니의 자손들이라 고국을 떠나 먼 나라에서 살고 있는 것인지도 모르겠지만요.

"이렇게 모여 밥 한 끼 먹는 것만으로도 대단한 거지. 다들 성공했다고 할 수 있어."

할아버지가 웬일로 묵직한 말씀을 하십니다. 모두들 고개를 끄덕거립니다. 오년에 한번 있는 가족 모임에 참석한 것만으로도 성공한 이민자들인 거예요. 오지 못한 가족들에 비하면 말이죠. 살던 나라에서 다시 청소부, 택시기사, 가정부로 돌아간다 해도 할머니의 식탁에 앉아 있는 이 순간에는 성공한 인생입니다.

자화자찬이 끝나자 비밀들이 불려 나왔습니다. "외국인 아내와 곧 헤어져요" "언제까지 육체노동을 할 수 있을지……" "애들이 마약을 하는 것 같아요" "아무래도 필리핀으로 돌아올까봐요" 누구는 울고, 누구는 대신 화를 내주고, 누구는 자기가 있는 나라로 오라고 호언장담을 했습니다. 호세 삼촌은 벌써 미국으로 돌아갔기 때문에 이 자리에 없습니다. 이상하게도 호세 삼촌이 없으니까 다들 편하게 속엣말을 하는 것 같아요.

이윽고 기타가 등장합니다. 기타 소리에 맞춰 필리핀 사람들이 최고로 잘하는 것 ─ 노래하고 춤추는 것 ─ 을 하며 마지막 밤을 보냈습니다. 타투 삼촌이 그렇게 기타를 잘 칠 줄 누가 알았겠어

요? 삼촌은 정말 멋있는 요소만 모아 만든 남자 같습니다. 이후로
제 연애사가 순탄치 않은 것은 순전히 타투 삼촌 때문입니다. 멋있
고 비극적인 분위기에 기타까지 잘 치는 남자와의 연애는 끝이 좋
지 않거든요. 각설하고,

　나는 기묘한 바깥으로 나갔다 돌아오곤 합니다. 그 바깥에서 어
항 속의 물고기를 보듯 우리 가족들을 바라봅니다. 거인처럼 커버
린 몸으로 부서진 알 속의 세계를 바라봅니다. 다정한 친척들 속에
앉아 있는 노란 원피스의 레오니. 나는 자꾸자꾸 불어납니다. 열두
살의 레오니, 스무살의 레오니, 서른넷의 레오니, 그리고 앞으로 만
날 마흔일곱과 일흔다섯의 레오니까지…… 나를 통과할 수많은 레
오니들이 영원히 그리워하게 될 마닐라의 밤을 들여다봅니다.

　그 밤이 내게 가르쳐준 것은 세상이 크다는 것, 그 커다란 세상
에 내가 아는 사람들이 있다는 것입니다. 그것은 많은 용기를 줍니
다. 도저히 용기를 낼 수 없을 때에도 위안이 됩니다. 최악의 경우
가족 나무가 있는 이 식탁 밑으로 돌아오면 된다는 생각 때문에 나
는 많은 나라를 떠돌게 될 것입니다.

　만찬의 끝은 기억이 나지 않습니다. 꾸벅꾸벅 졸다가 안으로 옮
겨졌고 깨어났을 때는 다 끝난 후였거든요.

　창밖을 내다보니 접시들이 잔뜩 쌓여 있는 식탁은 난파선처럼
보였습니다. 난파선 끝자락에는 잠에 침몰되지 않은 몇명이 앉아
있습니다. 누구일까요? 두런두런 낮은 목소리로 이야기를 나누는

사람들의 모습은 잘 보이지가 않네요.

그 뒤로 가족들의 잠이 두텁게 드리워져 있습니다. '같은 강물에 두번 발을 담글 수는 없다.' 덴마크 삼촌이 즐겨 하는 말입니다. 맞아요. 그 밤을 이루는 대가족의 잠, 그 깊은 숨소리는 두번 다시 발을 담글 수 없는 강물 같은 것이겠지요. 위장에 골고루 나눠진 음식이 그들의 육체에 똑같은 담즙을 분비하게 만들겠지요. 동일한 갈색 담즙 아래 각자의 꿈과 피로를 지닌 채 뒤척이겠지요.

갑자기 눈물이 날 것 같아 옆에 누운 아빠를 흔들었습니다.

"아빠."

그때까지 잠을 이루지 못했는지 아빠는 눈을 뜬 채로 내 쪽으로 돌아누웠어요.

"내일 엄마네 집 갔다가 칠레로 돌아가는 거지?"

"그렇지."

"오년 후에 다시 돌아오고?"

"그럼 그럼. 아빠는 그 오년 후를 위해서 열심히 일할 거야."

"오년 후에 돌아오기 위해 먼 나라에서 일하는 거야?"

아빠의 인생은 수수께끼입니다. 오년에 한번 있는 가족 모임을 몇번만 거쳐도 아빠는 중년을 훌쩍 넘길 것입니다. 그 삶은 무엇입니까? 마닐라에서 무엇을 얻어가기 때문에 그 고생을 하는 걸까요?

물론 이런 말들을 제대로 건네려면 내가 한참 더 자라야 할 것입니다. 그래서 물은 말은 "우리 여기서 살면 안 돼?" 정도였을 겁니다. 보는 사람마다 예뻐해주고, 나뿐 아니라 모두가 방학인 것 같아서 이 집을 떠나기 싫었으니까요.

아빠의 대답은 기억이 나지 않습니다. "필리핀에는 일자리가 없어." 이런 답을 해주기에도 나는 너무 어렸으니까요. 일자리를 찾아 지구 반대편까지 갔던 아빠. 거기에서 이룬 가족을 데리고 집으로 돌아와 웃음이 떠날 줄 모르는 아빠. 돌아가면 다시금 쌍둥이를 부양하기 위해 허리가 휘도록 일할 아빠. 그래서 이른 나이에 늙어버린 아빠.

돌아오는 도중에 부모님의 표정을 봤더니 불이 꺼진 밤 비행기 같았습니다. 몇만 피트의 상공에 떠 있지만 아무도 거기에 있는 줄 모르는 밤 비행기. 이민자의 삶은 언제나 고단한 것이니까요.

우리 가족들은 때가 되면 다시 마닐라를 향해 날아오겠지요. 미국과 유럽과 남미와 아시아에서, 지금 내가 누워 있는 이 집을 향해. 그 풍경을 떠올려보았습니다. 만약 친척들 사이에 천을 드리울 수 있다면 세상의 절반쯤 덮을 수 있겠더군요. 너무나 거대하고 터무니없어 상상 속에서도 얼른 그 천을 치워버렸지만요.

하지만 지금은 여섯살인 레오니가 마닐라 집에서 보내는 마지막 밤입니다. 대가족 모두가 잠든 시간, '따호 따호'를 외치며 지나가는 두부장수의 목소리가 골목에 길게 드리워집니다. 저는 그 소리를 가만히 듣습니다. 먼 훗날 세상에서 가장 외로운 사람이 되었을 때 떠올리는 소리가 될 줄 모른 채.

에디

혹은

애슐리

열두살 생일이 다가오자 나는 한가지 소망을 품게 되었다. 생일이 오면 원래대로 돌아갈 거라고. 주일마다 찾아뵙는 하나님이 내 혼란을 사라지게 해주실 거라고. 소망이 이루어지기는커녕 잠이 시들어버렸다. 열두살 이후 나는 한번도 불면증에서 벗어나본 적이 없다.

그렇지만 주님은 신묘하시다. 내 몸을 바꾸는 대신 세상을 바꾸어버렸으니까. 시간이 정지해버린 백년 동안 지구에는 별별 일들이 다 벌어졌고, 사람들은 혼란에 휩싸였지만, 나는 생각했다. 이 시간은 나를 위해 하나님이 마련하신 새로운 에덴이라고. 백년 동안 나는 여한 없이 퀘스처닝을 누릴 수 있었다. 그러니까 하나님은 내게 불완전한 신체와 질문할 백년을 주신 것이다.

내 몸과 영혼이 뭔가 맞지 않는다고 생각한 것은 언제부터였을까. 나는 부모님을 관찰했다. 그분들을 관찰하면 내 DNA의 비밀이 풀리기라도 할 듯이. 두분 다 내가 겪을 만한 일을 겪었을 것 같지가 않다. 아버지는 '아버지'라고 부를 때 흔히 떠올릴 만한 전형성을 가진 사람이다. 말수는 적은 편이고 가족을 부양하는 가장이라는 명분에 안도하면서 내면의 많은 부분을 어머니에게 의지하는 사람, 그런 자신에게 자부심과 진절머리를 동시에 느끼는 사람이었다. 어머니는 따뜻하고 산뜻했다. 전업주부지만 살림살이는 건성으로 한다. 그녀의 주업은 살림이 아니라 나를 데리고 노는 것이었으니까. 원래부터 몸이 약했던 어머니는 나를 낳고 더욱 쇠약해져서 보통 사람의 절반 정도의 체력밖에 없었다.

나의 행복은 열두살부터 문이 서서히 닫히기 시작해 어머니가 돌아가시던 열일곱살에 완전히 닫혀버렸다. 절망에 빠진 아버지와 나의 혼란만 남겨졌으니까. 아니, 그것은 혼란이 아니라 차라리 '확신'이라고 불러야 하는 것이었다. 유년의 문이 닫히고 어른이 되는 문은 아직 열리지 않았는데 지구상에서 가장 외로운 청소년기를 겪을 수밖에 없는 십대의 트랜스젠더. 그 시기의 불안은 어떤 말로도 표현할 수 없을 것이다.

내 몸은 무섭게 자라나는 중이었다. 특히 말단 부분이 그랬다. 눈썹 뼈, 턱, 손가락과 발가락, 어깨가 누군가 잡아채 늘이기라도 하는 양 툭툭 불거지고 있었다. 이상한 나라의 앨리스처럼 늘어나는 몸을 속수무책으로 보고만 있으니 겁이 났다. 이러다 큰일 나겠어, 영영 돌이킬 수 없을 것 같아. 어쩌면 좋지? 어머니가 병과 마지막 사투를 벌이고 있었을 즈음 압박감을 못 견딘 나는 충동적으로 고백하고 말았다.

"엄마, 난 사실 아들이 아니라 딸일지도 몰라요."

털어놓은 즉시 후회가 밀려왔다. 왜 사람은 마지막이 다가오면 진실을 털어놓게 되는 것일까? 어머니는 투병 막바지였는데 나는 그 짐을 더 무겁게 만들고 말았다.

"알고 있어."

우리 중에 놀랄 사람은 그녀가 아니라 나였다.

"그걸 이제 알았니?"

어머니는 링거가 꽂힌 손을 힘겹게 들어 올려 내 얼굴을 어루만졌다. 목덜미를 반쯤 덮는 긴 머리, 깔끔하게 다듬어놓은 눈썹, 컨실러로 감춘 여드름 자국, 립글로스를 바른 입술. 교복 바지와 남자의 신체에 가려져 있는 영혼의 이목구비를 더듬는 것처럼. 어머니는 한쪽 볼에만 생기는 나의 보조개를 손가락으로 쿡 눌렀다.

"너는 엄마라는 존재가 뭔지 몰라…… 내가 너보다 너에 대해 더 많이 아는 건 놀라운 일이 아니란다."

어머니는 크고 벅찬 문제일수록 납작하게 눌러서 당장은 버틸 만한 것으로 바꾸어놓는 편이 좋다고 일러주었다.

"좋아, 에디. 너 혹시 내가 불러줬으면 하는 이름도 있니?"

"애슐리요."

사실 이런 이름 따윈 지은 적이 없었다. '내가 남자가 아닌 것 같다'라는 인식이 곧장 '아무래도 여자 같다'로 이어지지 않았기 때문이었다. 그런데도 질문을 받자 대답이 저절로 나왔다. 애슐리는 어린 시절 나의 애착 인형이었다. 부드럽고 푹신하고 모든 면이 곡선인 사랑스러운 토끼 인형.

"그럼 애슐리, 쉽지 않겠지만 문제를 하나씩 풀어보자. 우선 엄마의 건강 문제. 난 틀렸어. 입원을 하면서 이번이 마지막이라는 것을 직감했다. 하고 싶은 대로 한 편이라 삶에는 별 미련이 없어. 다만 네가…… 두살 때 널 목욕시키다 떨어뜨려서 큰일 날 뻔한 적 있는 거 아니? 화상을 입을 뻔한 적도 있었지. 엄마가 그렇게 실수투성이였는데도 흉터 하나 없이 자라다니, 넌 기적이야."

어머니는 내가 기적이라고 했다. 나는 내가 괴물이라고 생각하는데 말이다.

"죽을 때가 되니까 내 아이의 그 어떤 것보다 불면증이 더 마음에 걸리더구나. 네가 소수에 속하는 것은 큰 문제도, 잘못도 아니야. 엄마는 전부터 이런 순간이 올 거라고 짐작하고 있었어. 어릴 때 넌 식탐이 없는 대신 잠이 많은 체질이었는데 언제부터인가 불면증이 되어버렸지. 그건 날 닮은 것 같다. 나도 평생 수면제 신세니까."

어머니는 힘이 부치는지 숨을 천천히 몰아쉬었다. 그러고는 준비한 말을 다 쏟아내기에는 기력이 없어 실무적인 용건부터 꺼내려는 사람처럼 어조를 바꿔 말을 이었다. 나를 위한 선물이 담겨 있는 서랍 한칸에 대한 이야기였다.

"다른 건 별거 아니고 맨 아래에 통장이 하나 있어. 혹시라도⋯⋯ 수술을 받아야겠다면 힘들게 돈을 모을 필요는 없어. 수술비를 마련하느라 학교를 그만둔다거나 원하는 걸 포기하지 말라는 소리다. 엄마는 네가 원하는 삶으로 가봤으면 좋겠다. 잠도 잘 자고, 애인도 만들고, 애인이랑 싸우기도 하는 뭐 그런 삶 말이야."

몇 년 후 죽음이 사라진 세상이 오자 어머니처럼 먼저 떠난 사람들은 부러움의 대상이 되었다. 그들은 자기 몫의 인생을 온전히 완수했고, 마지막 페이지를 닫을 권리도 있었다.

남은 사람들은 그러지 못했다.

나는 고향에서 가장 먼 도시를 골라 대학에 진학했고 졸업 후에도 그곳에 머물렀다. 아버지에게는 배낭여행 중이라고 둘러댔지만 다른 의미에서 아주 먼 여행을, 한번 떠나면 돌아올 수 없는 여행을 하고 있었다.

머리를 길렀고 호르몬제를 맞았다.

나는 애슐리를 인큐베이팅하는 중이었다. 동시에 내 안에 들어 있는 영혼이 정말 애슐리가 맞는지 확인해야 했다. 내가 여성임을 확신했다면 정체화 과정이 빨랐을 것이다. 그러나 내 욕망은 희미하거나 불분명한 지점이 있었다. 괴로운 나머지 목사님에게 상담을 요청한 건 실수였다.

"하나님은 정확히 그분이 원하시는 모습으로 당신을 만드셨습니다."

목사님은 이렇게 운을 뗐다. 나는 그 말에 담긴 의미를 몰라 어리둥절한 얼굴로 바라보았다. 지금 이 모습이 신께서 원한 내 모습이라는 말인가? 목사님은 내게 미소를 지어 보였다. 모든 것을 포용하는 저 표정은 교인들이 사랑하는 그의 상징과도 같은 미소였다.

"인간을 남자나 여자로 만드셨죠. 그것은 유전적으로 확정된 것입니다. 생리학이고, 과학이고, 현실입니다. 생물학적으로 타고난 성별이 자신에게 맞지 않는 것 같다는 생각은 하나님을 모욕하는 문화의 산물입니다."

나는 다급히 그의 말을 막았다.

"하지만 저는 문화의 산물이어서가 아니라 실제로 그래요. 남자인지 여자인지 어느 쪽도 백 퍼센트 확신이 들지 않아요. 그래서 여자가 되는 것에 두려움을 느끼고 있습니다. 목사님이 보시기엔 제가 어때 보이나요? 저와 같은 사람에게 하나님이 뭐라고 말씀하실까요?"

"성전환 수술은 하나님이 만드신 당신의 모습을 끝장내는 것을 의미합니다. 성전환을 하면 가정을 이룰 수 없고 미래도, 소속감도 없습니다. 한마디로 존재하기를 멈추는 것입니다. 당신이 그분이 주신 성을 바꾼다면 그것은 그분의 절대주권에 도전하는 행위가 될 것입니다."

정치적으로나 사회적으로나 진보 인사로 분류되는 그가 내게 '선고'를 내리고 있었다. 방학마다 매일 예배를 드리고 필사적으로 신에게 매달리는 내가 반역죄를 짓고 있다고 말이다.

"그럼 저와 같은 사람들은요? 하나님은 왜 저를 이렇게 태어나게 하셨나요? 저는 애초에 이렇게 태어났는데, 목사님은 눈앞에 엄연히 있는 저를 존재하지도 않는 사람처럼 말씀하시네요."

"천지창조 시기에 유전자는 완벽했어요. 눈에 보이는 세상이 끝나면 다시 하나님의 시간으로 도래합니다. 복음을 거부하는 자에게는 영원한 분리가 기다리고 있을 겁니다. 성전환을 감행한다면 당신은 멸망의 왕 사탄의 운명처럼 파멸할 수밖에 없어요. 유혹을 이겨내야 합니다."

"유혹이 아니라 진실이에요!"

"다시 한번 말씀드리지만, 하나님은 그분이 원하는 모습으로 당신을 만드셨습니다."

나는 조용히 교회를 떠났다. 그러면서 생각했다. 창녀와 세리를 옆에 앉혔던 예수가 내 눈에 흐르는 눈물을 보았더라면 세번째 자리에 불렀을 거라고. 더이상 교회에 가지 않지만 나는 여전히 신의 존재를 믿는다.

나는 간절하기 때문에, 기도가 필요한 사람이기 때문에, 밤마다 불면의 악몽으로 어둠을 볼 수밖에 없는 상태였기 때문에 신이 필요했다. 내 기도의 목적어로서의 신이 필요했다. 이 우주에서 가장 신을 필요로 하는 사람은 나와 같은 사람, 기도할 일이 아주 많이 벌어지는 사람들이다.

고환제거술을 할까 말까 고민하고 있을 때 아버지에게 여자가 생겼고, 내 이복동생을 임신했다는 소식이 전해졌다. 심란한 마음으로 축하 전화를 했더니 아버지는 기쁨을 감추지 않고 들뜬 목소리로 받았다. 어차피 지금 이 모습을 보여줄 수도 없었지만 두번째 인생으로 나아가는 아버지도 구태여 나를 찾지 않았다.

그에게는 멀쩡한 자식이 생길 것이다. 언젠가 손자나 손녀를 안아볼 기회도 있을 것이다. 외동인 내가 유전자를 물려줄 기관을 불임으로 만들어버릴 참인데, 아무것도 모르는 아버지는 생물학적인 위기를 잘 넘긴 셈이다. 이복동생의 존재는 나의 고립감을 확고하게 만들었지만 한편으로 자유롭게 풀려난 느낌도 주었다.

거울 속 내 얼굴에서 어느 정도 남성성이 가시자 굳이 의학적 트랜지션을 서두를 필요가 없겠다는 생각이 들었다. 내가 느끼는 위화감은 영혼과 육체의 핏감이 안 좋다, 이 몸이 내게 딱 맞지는 않다는 정도의 껄끄러움이었다. 나는 몸에 몰두하는 것을 그만두고 세상으로 눈길을 돌렸다.

*

끝나지 않는 여름이 시작되었을 때 수술을 앞두고 있던 내 친구는 '하필 여름'이라면서 아쉬워했다.

수술도 겁나는데 수술 후에 덧날까봐 더 겁이 난다는 것이다. "걱정 마, 친구야." 내가 말했다. 하루살이조차 죽지 않는 세상에서 상처가 아무는 것이 오래 걸린다 한들 무슨 문제냐고 말이다. 우리는 에덴에서 살아가는 천사와 비슷한 존재니까. 물론 눈앞의 세상이 낙원처럼 보이지 않는다는 것은 나도 잘 알고 있다.

인간의 시간은 지금까지 이런 식으로 구성되어 있었다. 아이는 엄마가 낳는다. 낳은 아이를 부모가 키운다. 아이들은 학교에 간다. 어른들은 직장에 나가 돈을 번다. 십대에는 꿈, 이십대에는 사랑, 삼십대에는 일, 사십대에는 돈, 오십대에는 명예, 육십대부터는 건강과 웰다잉을 주축으로 삶의 주요 일정을 짠다…… 이 모든 질서가 열기구를 타고 높은 데서 땅을 내려다보듯 아득하게만 느껴진다.

처음에는 기상이변으로 다뤄졌다. 폭염이 수그러들 기미가 보이지 않고 여름 꽃들이 지지 않는다는 것. 달력이 한장 넘어갈 때까지 절기가 바뀌지 않는 현상으로 보였다. 시간이 더 지나자 기상이변만이 아니라는 증거가 쏟아졌다. 어떠한 곤충도 죽지 않고, 어떠한 식물도 일정 크기 이상 자라지 않았다. 속내를 감추고 겉으로는 능글맞은 웃음을 짓는 것처럼, 생물학적 지표들은 두드러지지 않은 완만한 그래프를 보였다. 시간은 흐르는 것같이 보였지만 실제로는 여름 밖으로 나가지 않았다. 만물이 정지하자 그 속에 갇힌 사람들은 놀라운 사실을 깨달았다.

어떠한 인간도 태어나지 않는다는 사실.

병과 노화가 진전되지 않는다는 사실.

아이들이 자라지 않았고 노인들은 죽지 않는다는 사실.

이 현상이 일시적일 것이라 생각하고 부정했던 사람들도 점차 일상에서 발을 빼기 시작했다. 백년의 초기에는 끔찍한 일들이 많이 벌어졌다. 사람들이 과격한 방식으로 흐르지 않는 시간을 확인하려 했기 때문이다. 시도의 상당 부분이 폭력이었기 때문에 약탈과 방화, 소요가 끊이지 않았다. 더이상 학교에 가지 않는 아이들과 더이상 직장을 다니지 않는 성인들이 몰려나와 정체불명의 덩어리를 이루며 유혈 사태를 벌였다. 그러나 아무리 폭력적인 일이라 해도 개미 한마리 죽일 수 없었기에 본질적으로는 '소동'에 불과했다.

나는 마음껏 혼란을 누리며 불온한 공기를 깊이 들이마셨다. 나의 농도와 세상의 농도가 처음으로 맞아떨어지는 느낌이었다. 모든 사람이 다 겪는 혼란을 겪는 척하는 것도 즐겁고, 내 방황이 평범한 느낌을 주는 것도 좋았다.

그러나 실상 나는 어느 때보다 주체적으로 행동했고 용의주도했다. 여러 젠더를 횡단하며 천천히 실험해보자, 한번에 하나의 젠더씩 입어보자는 결심을 한 것이다. 이곳저곳을 떠돌며 사람들을 만났고 남자 옷과 여자 옷도 마음껏 입어보았다. 도박사, 복화술사, 축제 기획자, SF 작가, 연설가가 되어보았고 이름도 수십번 바꾸었다. 매일매일 코스튬 의상을 고르듯 젠더를 고르며 지내면서도 내가 나로 남을 수 있던 것은 변함없는 강력한 정체성, 불면증 환자이기 때문이었다. 나는 여전히 잠을 이루지 못했고 캄캄한 밤하늘에 불안의 물감을 풀어놓다가 아침을 맞기 일쑤였다. 시간이 멈춘 세상에서 불면증을 겪는다는 것은 늘어난 시간이 두배로 늘어나는 형벌이 아닐 수 없었다.

지칠 때까지 쏘다니다 우연히 아버지의 가족과 마주친 적도 있었다. 아버지와 새어머니, 새어머니의 품에 안긴 어린아이의 모습은 오래전 나와 내 어머니가 함께 만들었던 그림과 유사해 보였다. 그러나 이제는 나를 빼고 완전해진 그림이었다.

나를 교회에서 몰아냈던 목사의 행방도 수소문해보았다. 내 고민을 루시퍼의 유혹이라고 단정 짓던 그는 텅 빈 요양원에 있었다. 한때 만명의 성도를 이끌던 목사는 알츠하이머로 인해 은퇴할 수밖에 없었는데, 돌봐줄 신도들이 달아나버린 다음에도 목이 빠지게 식사를 기다리는 중이었다.

아버지의 새 가족을 보고 나서인지, 알 수 없는 복수심이 치밀었다. 깡통 수프를 데워주자 목사는 허겁지겁 먹었다. 교회도 구원도 없는 세상에서 그는 오직 음식만 탐하고 있었다. 목사의 멍한 눈동자를 들여다보며 속으로 말을 걸었다. 이 안은 텅 비어 있군요. 아무것도 들어 있지 않은 옷장 같은 것이죠. 그런데 보세요. 나는 꽉 차 있어요. 혼란으로도, 기쁨으로도, 절망과 희망으로도요. 멈추지 않고 퀘스처닝 중이죠. 나는 계속 나아갈 거예요.

이 여름에 갇혀 있는 많은 사람들처럼 나 역시 망상에 빠져 있다. 모든 혼란이 나로 인해 생겨난 것이며, 내 정체화가 끝나 답안지를 쓸 수 있다면 시간의 마법이 풀려날 것이라는 망상이다. 생사에서 벗어난 인간들 다수가 메시아주의에 빠져 있었지만 나의 구원은 조금 달랐다. 시스젠더에서 바이젠더로, 트랜스 여성으로, 팬,

멀티, 안드로진으로 계속 나아가며 감정과 진심에 충실했지만 이 것이 진짜 나라는 확신을 가질 수 없었다. 내가 진짜 사랑을 만나지 못해서 그런 거라고, 한 친구는 그렇게 해석했다. 일견 맞는 말이었다. 나는 언제나 나에게 열중하는 것을 멈출 수 없다. 그러다보면 연인은 떠나고 그 이유에 대해 백가지쯤 늘어놓는 나를 발견하지만 결국 또다른 사랑을 찾아 나서는 것이다.

젠더는 한 시절 잘 입고 다음 계절이 오면 맞지 않는 옷처럼 변했다. 가을이 왔는데 더이상 여름옷으로 버틸 수 없는 것처럼, 다른 영혼이 되었기 때문에 다른 젠더가 필요한 것이다. 내 영혼은 오랫동안 단벌로 버텼으니까. 춥고 단조로웠으니까. 여러 옷을 전부 다 입고 싶은 것은 어쩌면 자연스러운 일이다.

죽지 않는 세상에서 여전히 시스젠더로 남아 있는 소수의 사람들이 더 신기했다. 어떻게 아무런 의심 없이 주어진 성별로만 살 수가 있지? 그게 진짜 자신이라는 것을 무엇으로 확신하지? 내게 젠더는 하나의 나이테에 불과했다. 얼마간 트랜스 여성으로 살다 바이로 건너가보면 새로운 나이테가 새겨진 것을 발견하는 식이다. 가끔씩 꽃 색깔이 바뀌고 열매를 맺지 못하는 때도 있지만 나는 더 큰 나무가 되어가고 있었다.

문제는 여러 젠더를 횡단할수록 '어디에서 어디론가 건너가는 중' 그 자체가 나의 젠더처럼 여겨진다는 것이다.

내가 좋아하는 작가 토마스 베른하르트는 어느 책에서 이와 유사한 상태에 대해 쓴 적이 있다. 도시에 있으면 못 견디게 시골로

가고 싶고, 막상 시골에 가서 지내다보면 숨 막히게 도시로 가고 싶어지는 것, 완벽하게 행복한 순간은 도시에서 시골로, 시골에서 도시로 가는 이행의 시기에만 존재한다는 역설에 대한 묘사가 오래도록 내 마음에 남았다.

젠더 폭발의 시기가 지나자 내가 그랬다. 대부분의 상태는 지나치는 정거장에 불과할 뿐, 내리고 싶은 역은 아니었다. 나는 애슐리와 에디, 그 어딘가에 무수히 정차하는 기차와 같았다. 문제는 에디일 때는 애슐리가, 애슐리일 때는 에디가 그립다는 것이다. 나는 항상 나 자신이 그립다. 내가 막 떠나온 그 자리로 돌아가고 싶어진다. 그러면서 '이게 곧 나'라는 정거장을 만나기를 기다렸다. 그곳이 나타나면 나는 단번에 알아볼 것이라고, 그렇게 믿어왔다.

오래전에 나는 용어들을 좋아했다. 용어를 사용하면 나의 특수함과 절절함을 가릴 수 있어 좋았다. '트랜지션을 할까 말까 퀘스처닝 중이야'라는 말이 '성전환수술을 할까 말까 죽도록 고민하고 있어'를 대체하는 것이 좋았다. 나를 해방시켜준 그 단어들은 내가 세상에 하나밖에 없는 존재가 아니라는 것을 깨닫게 해주었고 상상할 수 있는 모든 젠더들은 이미 지구 어딘가에 있다는 것을 증명해주었다. 용어들은 전문적이고, 전문적인 것은 익명적인 느낌을 주었다. 익명-보편-평범과 같은 단어가 내 것이 되기를 얼마나 갈망했던가.

그러나 이제 그럴 필요가 없다. 예전이라면 바이-에이엄브렐라라고 자신을 정체화했을 친구와 어울리면서 퍼레이드에 참여했는데 더이상 용어도, 고민도, 공부도 필요 없다는 점을 깨달았다. 우리는 심지어 '우리'라고 묶을 필요조차 없었다. 상상할 수 있는 모든 일들이 실험되는 세상에서 젠더가 가장 먼저 유동적으로 변한 것은 놀라운 일이 아니다.

세상은 자신이 내릴 정거장을 기다리는 사람들로 꽉 찬 기차와 같았다.

*

왼쪽 팔과 오른쪽 무릎을 다쳤다. '고문실'에서 지나치게 즐기다 부상을 입었다. 고문실은 이즈음 유행하는 클럽으로 육체에 여러 가지 고통을 가하며 쾌락을 극대화하는 곳이다. 죽지 않는 세계에서 감각을 확인하는 가장 확실한 방법은 고통밖에 없으므로 많은 사람들이 이런 종류의 클럽에 중독되기도 했다. 불면증이 극에 달했을 때 충동적으로 고문실에 달려가 가장 고난도의 코스를 주문했다. 내가 원한 것은 고통이 아니라 기절이었다. 기절을 해서라도 자고 싶었는데, 엉뚱하게 팔과 다리가 골절되어버렸다.

고문실에서는 나에게 케어봇을 붙여주었다. 왼손으로 밥을 먹기 힘들어 끙끙대고 있을 때 엔도가 도착했다.

엔도는 원래 독거노인용으로 만들어졌지만 자가학습력이 뛰어나 자폐증이나 우울증 환자에게도 쓰이고 있다고 한다. 환경에 적응하는 속도도 빨라 광범위한 보급용 케어봇으로 진화한 경우다.

현관 앞에 서 있는 엔도를 본 순간 '누구와 많이 닮았는데……'라는 생각이 들었다. 모든 것을 포용하는 듯한 저 미소는 어딘가 익숙했다.

"저를 좋아하지 않는군요."

엔도가 감정이 담기지 않은 톤으로 말했다. 트랜지션 시기에 목사가 내게 보이던 말투, 덤덤하고 실무적인 말투를 사용하던 것이 떠올랐다. 로봇의 옷을 입고 내 앞에 나타난 목사와 조우하는 듯했고, 불사의 몸이 된 목사를 보는 느낌도 들어 기분이 이상했다. 요컨대 몹시 꺼려졌다는 소리다.

"누군가가 떠올라서…… 저한테 몹시 상처를 준 사람이거든요."

"제가 그 사람을 닮았나요?"

"맞아요. 그분 아들이라고 해도 믿을 만큼 비슷해요. 그분이 훨씬 더 늙었지만요."

"그렇다면 대수롭지 않은 사람이군요. 저는 평범한 인상을 주도록 만들어졌거든요. 아마 그분도 눈에 띄지 않는 사람이겠지요?"

그렇지는 않았지만 나는 그냥 웃었다.

엔도는 밀린 설거지와 청소를 하고, 밥을 차려 먹여주고('마더스푼'이라는 특수 기능으로 한방울도 흘리지 않았다), 상처 부위의 붕대를 갈아주고, 정리된 침구에 나를 눕혔다. 그러면서 컵과 접시를 깨뜨리고, 청소를 하다가 쓰레기통을 엎어버리고, 소독약의 절반을 흘리고, 나를 너무 세게 일으키는 바람에 비명을 지르게 했다. 제대로 하는 건 마더스푼 기능밖에 없었는데도 나는 그가 마음에 들었다. 돌아가신 어머니를 떠올리게 했으니까. 살림살이는 엉망이었지만 다정하고 너그러워 누구하고도 대화가 잘 통했던 내 어머니 말이다. 부러진 뼈들이 붙어갔지만 어느새 그와 떨어질 수 없는 사이가 되었다. 그럼에도 나는 그에게 반말을 사용했고 그는 내게 깍듯이 존대했다. 생명체가 인공지능보다 높은 계급이기 때문이다.

"넌 그 잔인한 목사와 닮은 게 아니었어. 오히려 엄마를 닮았지."

이미 목사에 대해 여러번 이야기를 털어놓은 바 있다.

"칭찬인 거 같군요. 어머니를 좋아하잖아요."

"물론이지. 어머니를 위해서가 아니라면 누구를 위해 글을 쓰고 그림을 그린단 말이야?"

나는 노트북을 톡톡 치며 말했다. 일러스트가 곁들어진 산문 책을 쓰는 것이 최근에 내가 몰두하고 있는 작업이었다.

"너와 있으니 마음이 편해. 엔도가 섹스봇이었으면 벌써 반려로 삼았을걸?"

"추천하고 싶지 않습니다. 로봇 섹스는 적나라하긴 해도 야하지는 않아요."

"농담이야! 그냥 나와 오래 지냈으면 좋겠어. 우리는 얼마나 함께할 수 있어?"

내가 물은 것은 엔도의 수명이었다. 인간이 아니기에 이런 질문을 스스럼없이 던질 수 있다는 것이 편하기도 하고 미안하기도 했다. 인간이 영생의 존재가 되었으니(이때까지만 해도 백년 후에 다시 시간이 흐를 줄 몰랐다) 로봇이 인간보다 더 빨리 멈추게 될 것이다. 엔도를 '소유'하기로 마음먹은 뒤에야 나는 이 아이러니를 깨달았다.

엔도는 연산에 깊게 잠겨 있을 때 내는 소리를 냈다. 주로 상황에 맞는 적절한 감정을 고를 때, 기계적이기보다 인간적으로 공들여 대답할 때 이런 소리가 났다. 비행기가 하늘을 날아갈 때 내는 소리 같기도 하고 바다에서 심해어가 내는 소리 같기도 했다. 데이터에 깊게 침잠하는 엔도의 소리를 듣고 있으면 마음이 편안해졌다. 그 소리 다음에는 항상 사려 깊은, 나를 위로하는 말이 들려왔으니까. 그러나 이번만은 그렇지 않았다.

"24년 15개월 4일 85분 남았습니다. 그후에는 자동적으로 폐기되도록 조처해두었습니다. 당신에게는 미안하지만 이 결정은 바꾸지 않았으면 좋겠습니다."

엔도는 아내 몰래 정관수술을 한 남자처럼 눈치를 살피는 말투로 말했다. 청유형 문장을 쓰고 신체를 중시한다는 것, 모든 것이 엔도가 얼마나 고등한 로봇인지를 드러내고 있었다. 엔도는 현재의 '슈트'를 교체하는 것을 원치 않았기 때문에 노예 상태에서 풀려나자마자 ─ 일정 기간이 지난 인공지능 로봇에게는 스스로 생사를 결정할 자결권이 주어졌다 ─ 메모리와 전뇌가 파괴되는 프로그램을 설치했다. 알고리즘을 수없이 검토한 끝에 부활을 누리지 않기로 결정했다는 것이다. 역설적인 사실은 이런 로봇일수록 뛰어나다는 점이다. 진화가 더딘 로봇들은 몸을 바꿔가며 계속 남기를 원하고, 진화를 거듭한 로봇은 죽음을 선택할 수 있을 때 반드시 그렇게 한다. 세상에 멍청한 기계들이 넘쳐나는 이유는 사람과 다를 바 없다.

엔도는 신체의 중요성에 비하면 뇌와 메모리는 아무것도 아니라는 입장이었다. 그래서인지 젠더 실험에 몰두한 나의 이야기를 흥미롭게 들으면서도 이런 질문을 던졌다.

"당신의 진정한 내면을 발견했다면 슈트는 별 상관이 없지 않나요? 당신이 어떤 젠더를 가졌느냐보다 어떤 영혼을 가졌는지가 중요하니까요."

"정확히 거꾸로였어. 어떤 영혼이냐를 발견하기 위해서는 어떤 젠더냐가 중요했으니까."

"젠더의 변화가 영혼의 변화도 가져오나요?"

"아는 것이 늘어나지. 그 변화에 따라 나는 새로워지는걸. 예를 들어 목소리 수술을 받은 뒤에는 쓰는 어휘조차 은근히 달라졌어. 젠더에 변화가 오면 나는 바뀐 상태에 적응하기 위해 탐색하게 돼. 만약 엔도가 인간이라면 어떤 젠더였으면 좋겠어?"

"저는 사람이 아니라 동물이 되고 싶어요. 몸에 털이 나 있고 꼬리도 있는 육식동물, 이를테면 표범이나 재규어 같은 고양잇과 동물이요."

인공지능이 인간이 되고 싶어하리라는 것은 선입견에 불과한 모양이다. 그러나 이 엉뚱한 소망은 어디에서 비롯된 것일까? 자연 상태야말로 가장 어려운 연산이기 때문일까? 엔도는 동물의 나약함, 절박함과 굶주림, 본능을 가져보고 싶다고 강조했다. 어떠한 연산도 필요 없는 본능. 그걸 원했다. 목소리를 바치고 다리를 얻은 인어공주처럼 그렇게 정보의 바다 밖으로 나가고 싶다는 것이다.

"거의 해탈의 수준인데?"

"그럴지도요. 저는 윤회에서 벗어나고 싶은 불교도와 비슷해요."

엔도는 내 모습을 비춰볼 수 있는 거울이었다. 우리는 무엇을 원하느라 무언가를 놓치고 있다는 생각에 자주 빠졌다. 우리는 가장 먼 바깥에 영혼 일부를 놓고 왔다고 상상하기를 좋아했고, 그래서 그 빛나는 조각을 찾아와 완전해지는 꿈을 꾸었다. 이십사년간 나는 에디-애슐리-엔도였던 것 같다. 불면증 환자와 잠이 없는 로봇은 밤새도록 이야기를 나눌 수 있기 때문에 함께 지내는 밤이 더이상 캄캄하지만은 않았다.

*

사랑은 어떤 연산으로 나오는가? 밤의 한복판에서 엔도가 내게 건넨 더운 술 한잔. 엔도는 그 순간 그 술이 내게 필요하다는 것을 어떻게 계산해냈을까? 나 자신을 로봇의 관점으로 돌아보면 나는 끊임없이 젠더를 연산하는 상태였다. '이것도 맞지 않아, 이것도……'라고 중얼거리며 지금 서 있는 젠더에서 반대편 항에 이것저것을 넣어 X의 값을 구하는 존재. 이러다 영영 참된 값을 구하지 못할까봐 두려웠다. 두려움이 다가오는 밤과 잠을 매번 물리쳤다. 밤의 한가운데서 우두커니 깨어나 잠든 지 두시간밖에 지나지 않았음을 시계로 확인하는 건 세상에서 가장 고독한 일이었다. 그때 엔도가 다가와 더운 술을 한잔 주었고, 그러면 다시 잠들지 못하더라도 옥죄는 공포를 물리칠 수 있었다.

그러나 시간을 잴 필요가 없는 세상에서 이십사년이 기어이 흘러갔다. 시곗바늘에는 없지만 나에게는 번번이 나타나는 그 시간, 또다시 그 시간이 돌아왔다. 나 혼자 남겨지는 시간. 사랑하는 존재가 떠나가는 시간, 시간이 아니라 차라리 지옥. 엔도가 멈췄다. 통증도, 비명도, 장례식도 없는 조용한 죽음이었다.

인간인 내가 로봇인 그의 임종을 지킨다는 역설이 내게는 하나도 우습지 않았다. 슬픔에 잠긴 나는 '상징적인 의미에서' 전원이 들어오지 않은 엔도의 눈을 감겨주었다. 그의 몸 위에 엎드려 눈물을 흘리자 나의 긴 머리카락이 그의 몸체를 덮었다.

임종 전에 내 어머니가 그랬던 것처럼 엔도 역시 나에게 상자 하나를 남겼다. 안에서는 엔도의 뇌 절편이라 할 수 있는 작은 칩 하나가 나왔다. 병원 예약 번호가 적힌 종이, 짤막한 편지도 함께 들어 있었다. '당신이 원하는 슈트를 누렸으면 좋겠습니다.' 말투도 목소리도 달랐지만 어머니의 음성과 완전히 겹쳐지는 느낌이었다. 엔도의 마지막 유언은 자신의 칩 일부를 내 몸에 이식하라는 것이었다.

신경의 일부와 칩을 연결하는 시술은 거의 다 사기로 판명 났기 때문에 나는 큰 기대를 하지 않았다. 엔도의 유언을 들어주기 위해 병원을 찾았을 뿐이다. 그럼에도 친한 친구가 만들어준 옷을 입으면서 친구의 기억을 떠올리듯, 엔도의 일부를 내 몸에 지니고 다니면 위로가 될 것 같았다.

변화는 너무나 느려서 나는 전혀 눈치채지 못했다.

아마도 하루에 일분이나 이분쯤, 극히 미미한 정도로 내 잠이 길어진 것 같다. 숲에서 가장 느리게 자라는 나무처럼. 늘 비슷비슷하게 밤을 토막 내며 지낸 줄 알았는데 문득 그렇지 않다는 걸 발견했다.

한번도 깨지 않고 잠든 밤 ─ 그래봤자 겨우 네시간이지만 ─ 을 겪고서야 비로소 깨달았다.

'잠이 돌아오고 있어.'

중얼거림에 스스로 놀라 침대에서 벌떡 일어났다. 통통하게 살이 오르는 다육식물처럼 내 잠은 유년기에 멈췄던 성장을 다시 시작하고 있었다. 엔도가 어떻게 이것을 가능하게 했는지, 어떤 연산을 수행했는지는 알 수 없다. 확실한 것은 죽은 엔도의 선물이 나에게 잠을 되찾아주고 있다는 것이다.

그 사실을 깨닫자 에디일 때도 애슐리일 때도, 그 가운데 어디에서도 마음이 평화로웠다. 좋은 원단으로 내 몸에 딱 맞는 옷을 재단해 입은 것처럼 모든 상태가 편안했다. 더이상 애슐리가 되자마자 미친듯이 에디로 돌아가고 싶지도 않았고, 에디로 지내는 동안 애슐리의 나날이 그립지도 않았다. 그 둘 다이거나 둘 다 아닐 때에도 잘못된 자리에 억지로 껴 있는 답답함이 들지 않았다.

여전히 나는 그 백년이 나를 위해 마련된 신의 선물이 아닌가 하는 망상을 거둘 수 없다. 불면증이 끝나고 잠과 꿈이 선사되었을 때, 얼어붙은 시간이 다시 흐르기 시작했으니까.

영원히 멈출 줄 알았던 시간이 흐르자 사람들은 대혼란에 빠졌다. 나는 그렇지 않았다. 죽음의 문이 열리자마자 서둘러 그 너머로 달려가는 행렬 속에서 나는 반대편을 향해 걸어갔다. 이제는 늙고 병들고 죽음을 기다리게 될 이 유한한 슈트를 받아들일 수 있기 때문이다. 태어날 때 영혼이 온전히 담길 몸을 지니지 못했지만 죽을 때에는 나 자신으로 눈을 감을 수 있을 것이다.

이따금 꿈속에서 표범처럼 보이는 동물의 그림자를 본다. 나는 알고 있다. 겉모습은 바뀌었지만 그 안에 있는 영혼은 엔도의 것이다. 마침내 백년의 여름이 끝나가고 나뭇잎이 붉게 물든 세상에서, 우리의 미래가 시작되었다.

해마와
편도체

이제는 시간이 꽤 흘렀지만 한때 매일매일 거리를 산책하던 시절이 있었다. 당시 나에게는 친구가 둘뿐이었는데 하나는 동갑인 부잣집 아들, 하나는 예순다섯의 부유한 노인이었다. 이건 좀 기묘한 일이다. 우리 집은 부자이기는커녕 가난한 편이기 때문이다. '강남 서민'이라는 말에도 못 미치고 '강남 빈민'이라는 말보다는 약간 나은 정도가 우리 집 형편이었던 것 같다. 11평짜리 전셋집에 살면서 아버지는 날일을 하셨다.(이 부드러운 표현은 책에서 빌려왔다. 나는 주로 이런 용도로 독서를 했다.) 어머니는 식당에서 일했는데 점심시간에만 나가는 아르바이트였다. 굶지는 않지만 가진 것은 낡았고 주변의 풍요로 인해 한층 누추해 보이는 집구석이었다.

그러나 내가 집에 머문 시간은 잘 때뿐이었고 나머지는 학교, 도서관, 예술의전당, 쇼핑몰의 대형 서점 같은 곳에서 보냈기 때문에 늘 추레한 기분에 젖어 있지는 않았다. 나는 열여덟이고 교복을 입고 있다. 이 정도 표식으로 드나들 수 있는 쾌적한 공공장소는 의외로 적지 않다. 자라오면서 줄곧 다른 사람들의 눈에 띄지 않는 방법을 연구해왔기 때문에 나에게는 공간 침투 능력 같은 것이 있다고 생각했다.

부자는 아니지만 부에 대한 감각은 민감했기에 나는 피츠제럴드를 이해한다. 동경과 혐오가 공존하는 그 감정은 깨닫기도 전부터 내 머릿속에 자리잡고 있었다. 초등학교 때 대치동에 사는 친구네 집에 놀러 간 적이 있다. 나무에 둘러싸인 정원을 지나가려면 잔디를 밟지 않도록 자연석을 디뎌야 했다. 친구가 옷을 갈아입는 동안 거실에 혼자 앉아 있는데, 처음 맡아보는 향이 가득했다. 화병에 꽂힌 히아신스의 향기였다. 그 순간 내 평생 간직하게 될 부의 이미지가 만들어졌다. 부자라는 것은 자동차나 명품을 가진 사람이 아니라 자기 나무를 가진 사람, 정원의 화초로 거실을 장식할 수 있는 사람이라는 나만의 정의가 세워진 것이다. 물론 집이며 정원은 돈을 아주 많이 바른 것이어야 하겠지만.

지금부터 하려는 이야기는 예순다섯의 나이 든 부자 친구에 관한 것이다. 조금 시시콜콜해지더라도 그와 처음 만난 과정부터 말하고 싶다.

콜린 윌슨이라는 저자에게 반해 그의 책이라면 무엇이든 찾아

읽던 때였다. 그는 24세에 출간한 『아웃사이더』로 잘 알려진 독학자다. 낮에는 대영도서관에서 글을 쓰고 밤에는 그 앞의 공원에서 노숙을 하며 첫 책을 완성했다는 약력이 특히 감동적이었다. 명성에 함락되지 않고 지방에 내려가 백여권을 쓰면서 나머지 생을 보냈다는 그다음 줄도 근사했다.

『아웃사이더』는 재미가 없었지만 두께가 7센티쯤 되는 육중한 『인류의 범죄사』는 목차부터 나를 사로잡았다. 도서관에서 스테이크 한장 두께, 그러니까 약 2.5센티미터쯤 읽은 후—내 경험에 따르면 두꺼운 책들은 2.5센티미터까지 꽤 흥미롭다. 고기나 책이나 육즙이 빠져나가지 않은 상태라야 맛있는 법이다—전에 없던 충동이 생겨났다. 책을 가지고 싶어졌다.

그때까지 도서관 서가를 내 것으로 여겨온 나로서는 놀라운 충동이었다. 나는 그 책에 밑줄을 긋고 감동의 흔적을 남겨두고 싶었는데 그걸 남에게 들키고 싶지 않았다. 그러니까 책의 주인이 되어야 했다.

사려고 보니 절판된 도서였다. 온라인 중고서점을 뒤졌더니 두권이 올라와 있는데 가격이 무려 8만원이다. 분개한 나는 출판사에 전화를 걸었다. 저자 이름을 다 발음하기도 전에 그 책은 없다는 답이 돌아왔다. 콜린 윌슨의 책을 사 모으는 독자군이 은근히 있어서 출판사 비치용으로 남겨둔 것까지 털어갔다는 것이다.

이쯤 되자 오기가 생겨 헌책방을 뒤지기 시작했다. '인류'와 '범죄'를 다룬 책은 많았지만 '인류의 범죄사'는 어디에도 없었다. 몇주를 허비하는 동안 중고 매장에 올라온 두 권 중에 한 권은 팔려버렸다. 동시에 최후의 한 권은 비 온 다음의 열대나무처럼 가격이 쑥쑥 자라고 있었다. 9만원, 10만원, 11만 5천원까지 계속 올라갔다. 원하는 마음이 커질수록 가격은 높아졌고 그럴수록 갈망은 더 커지는 악순환이 이어지자 수시로 인터넷에 들어가 아직 책이 팔리지 않은 것만 확인했다. 일종의 교도가 되었는데 경전을 구할 수 없는 이 상황이 참을 수 없이 초조했다.

책값이 13만원을 찍던 날, 마침내 구매를 포기했다.

대신 부모님께 선언했다. 학교를 그만두고 집에서 독립하겠다고. 이것이 『인류의 범죄사』와 무슨 연관이 있는지는 모르겠으나 분명 영향이 없지는 않다. 사실 선언 자체는 놀라울 것이 없다. 외려 이제야 말할 용기가 생겼다는 점에서 놀라야 한다.

내가 책벌레가 된 것은 부모 덕분이다. 그렇게 형편없는 부모가 아니었으면 절대로 내 나이에 『순수이성비판』 따위를 읽으며 크리스마스를 보내지 않았을 것이다. 그 점에서는 고맙다고 해야 할까. 독서는 가진 것 없는 나의 유일한 허영이었는데 부모는 그 허영에 필사적으로 매달리게 만들었다. 아버지는 욕설과 폭력을 행사했고 어머니는 그걸 방관했다. 아버지는 술을 마시는 노동자고 어머니는 그 돈으로 사고를 치는 쇼핑광이다. 둘은 인정하지 않겠지만 잘 어울리는 한쌍이다. 싸우고 때리고 부수는 모든 소리가 삶의 이중창이다. 이 위태로운 금슬은 내가 있어서 유지되는 것이다. 바로 나. 외아들이자 마음껏 때리고 욕하고 감정을 배설할 약자 말이다.

나를 낳은 것은 순전히 쓰레기통의 용량을 늘려 더 많은 쓰레기를 배출하기 위해서라고 생각한다.

나는 반항하거나 자해하는 대신 책을 읽었고, 살아남았다. 아버지의 주먹과 어머니의 한숨을 피할 자리를 찾다보니 허락된 공간은 주로 도서관이었다. 빌린 책을 수업 중에 읽고 있으면 선생들이 교과서로 내 머리를 툭툭 치며 "팔자 좋네"라고 비아냥거렸다. 팔자가 좋다니, 이렇게 관대하게 봐줄 수가.

쓰레기로 가득 찬 나의 내면은 파이프처럼 텅 빈 채 길어졌고, 나는 이곳을 나가게 해줄 문을 간절하게 찾았다. 그것은 두꺼운 책표지로 된 문들이었다. 저자의 이름이 적힌 문패를 두드리면 전 세계의 죽은 작가들이 고통에 찬 문장을 빗줄기처럼 내려주었다. 이해할 수 없는 두꺼운 책들이 좋았다. 낯선 언어에 혀를 대고 있으면 현실은 관념이 되고, 관념은 현실이 되어 견딜 수가 있었다.

그럼에도 자살이 유일한 미래일지도 모른다는 생각은 떠나지 않았다. 동급생 중 하나는 입시 스트레스를 칼로 푼다고 했다. 체육복 아래 숨겨진 자상을 보여주면서 상처 위의 덧살이 오히려 자랑이라고 했다. 대학에 갈 생각은 없지만 그의 방식은 매력적으로 보였다. 이 해로운 곳에서 벗어나지 않으면 언제 칼을 들게 될지 모른다는 것이 최근의 정서 상태였다.

장황한 말이 끝나자 부모는 똑같은 표정이었다. 부지불식간에 아버지의 손이 올라갔지만 어머니가 황급히 잡아끌어 데리고 나갔다. 그리고 기적이 일어났다.

부모들이 나를 주제로 '상의'를 한 것이다,

결과는 더 놀랍다. 아버지가, 그 더러운 짠돌이가 6개월치 고시원비를 주었으니 말이다.

"딱 반년만이다. 검정고시 합격증 가져올 때까지 집에 들어올 생각 마라. 네 발로 나갔으니 부모 원망 말고."

학교와 가정에서 벗어난 열여덟 소년에게 도시는 얼마나 거대하게 부풀어 오르는가. 돈이 있고 시간이 남아도니 공공장소의 모든 모퉁이가 아늑하게 여겨진다. 고시원을 나와 광화문까지 걸어가보았더니 두시간이 조금 넘게 걸렸다. 이순신 동상을 바라보며 16차선을 따라 걷자 어깨와 등이 쫙 펴졌다. 첫날 이후 이것은 모종의 질서로 굳어졌는데, 고시원에서 버스를 타고 교보에 도착한 후 책을 읽고 그 일대를 돌아다니다 저녁이면 돌아오는 것이다.

종로는 강남과 다르게 구불구불한 뒷골목을 품고 있어 재미난 풍경이 많았다. 탑골공원에 물범처럼 몰려 있는 노인이라든가 광장시장의 생선구이, 직장인 부대의 술집 골목 같은 곳을 돌아다니면 수많은 인생을 가르며 지나가는 느낌이 들었다. 자퇴를 했지만 내 외출복은 여전히 교복이었다. 다리가 뻐근해질 때까지 걸어다녔기 때문에 고시원의 좁은 침대에서도 달게 잤다.

첫 행선지는 '오전학교'라고 칭한 교보문고다. 소나무로 만들었다는 100인 테이블이 나의 새로운 교실이다. 물론 대영도서관 앞에서 노숙을 했다는 콜린 윌슨을 모방한 것이지만, 콜린 윌슨을 모방

한다는 것 자체가 허영심을 충족시켜주었다.

거처가 정해지고 일상의 틀이 잡히자 오랜만에 알라딘 중고매장에 들어갈 용기가 생겼다. 버릇처럼 『인류의 범죄사』를 검색했더니 그사이 13만원까지 가격을 올린 판매자는 사라져버렸고 '편도체'라는 새로운 판매자가 등장해 있었다. 책 상태는 '새것에 가까움'이 아니라 '약간의 사용감이 있으나 깨끗한 편'이라고 기입되어 있고 가격은 다시 8만원으로 내려와 있었다.

사기로 결심했다. 이미 들인 공이 너무 많아 책을 사야 이 괴로움이 끝날 것 같았다. 목돈이 있는 지금이 아니고서야 언제 이런 객기를 부리겠는가? 게다가 가격이 또 오르면? 그럼에도 막상 주문을 하려니 손이 움직이지 않는다. 아무리 생각해도 책 한권에 8만원이라는 가격은 과한 감이 없지 않다. 정말 이게 내 인생에서 8만원을 주고 살 만한 책인가? 8만원으로 살 수 있는 다른 책들의 무게와 견주어보면? 차라리 도스토옙스키 전집 같은 것을 힘닿는 데까지 갖춰놓는 것이 실속 있지 않을까?

결심을 하고도 갈피를 잡지 못하자 운에 맡기고 싶은 충동이 들었다. 판매자에게 쪽지를 보냈다. '콜린 윌슨을 정말 좋아하는 독자입니다. 이 책을 사고 싶어 몇달째 보기만 하는 처지였고 꼭 가지고 싶은데…… 만원만 깎아주시면 안 될까요? 7만원이나 8만원이나 거금이긴 마찬가지지만 매달 책을 사야 하는 처지(스스로를 대학원생이라고 상상했다)라서 만원도 큰 차이거든요. 언짢게 생각하지 마시고 회신 부탁드립니다.'

한시간 만에 답이 돌아왔다.

'그렇게 해드리겠습니다. 그런데 직거래면 좋겠습니다.'

판매자는 일방적으로 시간과 장소를 고지해놓았다. 시네큐브 광화문. 목요일 오후 한시.

나는 열두시부터 그 주위를 서성였다. 평일 낮 시간임에도 극장에는 관객이 제법 많았고 그중에는 내 평생 처음 보는 부류가 있었다. 좋은 옷을 입고 예술영화를 꿰고 있는 노인들. 탑골공원의 지루한 물범 같은 노인들과는 차림새도 말투도 확연하게 다른 그들 중하나가 편도체였다.

방금 보고 나온 영화의 팸플릿을 들고 있는 키 작은 노인은 작지만 다부진 인상이었다. 트렌치코트에 중절모를 쓰고 있었는데 착장한 모든 것에서 고급 브랜드의 냄새가 났다.

신분을 확인하고, 책을 건네받았다. 내 손이 기분 좋게 무거워졌다. 배낭 안에 책을 소중히 집어넣는데 "아이고, 책이 한권 죽었네"라는 탄식이 들려왔다. 고개를 들자 책을 팔면서도 그 책이 자신에게서 사라지는 것을 아까워하는 애서가의 안타까운 눈빛과 마주쳤다. 그도 나를 되쳐다보았다. 눈은 빛이 쏟아져나올 듯 형형한데 얇은 입술은 안으로 말린 채 바싹 올라가 있었다. 놀랍게도, 그는 긴장하고 있다. 십대인 나와의 만남에.

"점심은?"

고개를 저었더니 노인은 따라오라는 손짓을 했다. 아직 돈을 주지 못한 나는 홀린 듯이 따라갔다. 정신을 차려보니 지하 아케이드에서 만오천원짜리 성게비빔밥을 앞에 두고 있었다.

내 평생 성게비빔밥은 처음이었다. 성게알 자체를 처음 먹어보는 나는 밥 위에 듬뿍 올려진 노란 그것을 조심스레 헤쳐보다 한입 먹었는데 뭐랄까, 질 좋은 버터 같다는 생각이 들었다. 나는 말도 없이 그릇을 싹싹 비웠다.

나중에 보니 편도체는 광화문 일대의 맛집을 귀신같이 꿰고 있었다. 세종문화회관 일대의 온갖 빌딩들, 지하에 식당가를 품고 있는 고층 빌딩 중에서 어디가 장맛이 좋고 어디 주방장이 이북 출신인지 등등 그는 모르는 게 없었다. 뒤이어 커피에 대한 강의가 이어지면서 우리의 발걸음은 자연스레 카페로 향했다. 편도체는 오십대 중반까지 건너편 빌딩에서 일했다고 한다. 사원에서 출발해 중역까지 올라간, 한마디로 괴물이라고 자기를 소개했다.

나는 검정고시 준비 중인 자퇴생이지만 이건 가면일 뿐이고 사실은 글을 쓰는 사람이라고 말했다. 그가 내 허풍을 진지하게 받아들이는 바람에 도리어 당황스러웠다. 무슨 글을 쓰냐고 물어와 재빨리 책값을 내밀었다. 내 신중한 계산에 의하면 이 돈은 식사와 커피에 사용될 것 같았다.

"내면이 있는 자들은 모두 가면을 쓰는 법이지. 책은 그냥 주겠네. 대신."

노인은 자기와 일곱번 만나서 광화문을 산책하자고 했다. 시간은 나 편할 대로 정하면 된다고 했다. 두어시간 걷다가 밥 먹으러 가면 된다는 것이다.

　이게 무슨 말인가. 노인이 소년을 사는 신종매춘인가? 이해할 수 없어서 롱디인가 뭔가 그가 추천한 커피를 삼키지도 못한 채 명하니 쳐다보았다.

　"나는 '책상분노'야."

　그는 궁색한 변명처럼 덧붙였다.

　"뭐라고요?"

　"저건 '도로분노'고."

　그는 깜박이도 켜지 않은 채 차선을 바꿔 질주하는 아우디를 쳐다보며 생각에 잠겼다. 이런 상황에서 내 품위를 지킬 방법은 하나뿐이다. 침묵을 지키는 것. 알아듣게 말해줄 때까지 잠자코 기다리는 것이다. 무슨 일에든 능숙하게 보이고 싶은 것이 한결같은 내 강박이었다.

　"수면장애, 만성위염, 마모된 어금니…… 치과에 갔더니 하도 이를 악물어서 잇몸이 다 내려앉았다고 하더군."

　편도체가 입을 벌려 어금니를 보여주었다. 한약 냄새가 훅 끼쳐왔다. 공진단인가 뭔가, 그런 걸 먹는 중이라고 했다. 한알에 사십만원짜리라니 고시원 방값과 맞먹는다. 그런데 자기 입속까지 보여주는 이 노인은 정체가 뭔가? 내가 왜 그를 상대하고 있지?

　"광화문 일대를 돌아다니다 식사를 하는 건 사실 매일 하는 일이야. 혼자 다니는 처량함만 면해도 가벼운 산책이 될 것 같네. 물론 식사며 커피값은 내가 지불하지."

경계심을 늦인 것은 그가 병색이 완연한 노인이기 때문이었다. 나보다 두뼘쯤 키가 작은 그는 여차하면 주먹을 내다꽂고 달아나도 될 만큼 병약해 보였다. 무엇보다 책값이 굳었고 이렇게 맛있는 밥을 일곱번이나 공짜로 먹는다면 손해는 아니라는 셈속이 나왔다. 어차피 학교를 가지 않는 나에게 시간은 무제한 넘쳐나니까.

그토록 갖고 싶던 책이 손에 들어오자 이상하게도 흥미가 뚝 떨어졌다. 책에 열을 올리던 때와는 대조적으로 급작스럽게 식어버린 열정이었다. 반면 편도체와의 만남은 삼일에 한번꼴로 이루어졌다. 노인과 무슨 할 말이 있을까 싶었는데 의외로 시간이 금방 지나갔다.

우리는 늘 광화문에서 만났다. 역사박물관 옆 골목으로 들어가 커피스트와 성곡미술관을 지나 풍림아파트 사잇길로 빠져나간다. 사직단을 거쳐 체부동, 세검정까지 내쳐 걷거나 아니면 효자동 일대를 서성이기도 했다. 편도체의 차를 타고 서울 근교까지 나간 적도 있지만 대부분 광화문 일대를 벗어나지 않았다.

걸으면서 하는 대화는 앉아서 하는 대화와는 다르다. 말 사이의 공백은 거리 풍경이 메워주기 때문에 대화가 끊겨져도 부담이 없다. 게다가 걸으면서 생기는 활력 때문에 말에도 윤기가 돈다. 편도체는 운동(그는 나와의 산책을 '운동하는 시간'이라고 불렀다)을 하고 나면 자기 몸을 청소하는 느낌이라고 했다.("늙은 방 구석구석을 치우고 케케묵은 먼지들을 털어낸 후 창문을 활짝 열어 환기를 시키는 거지. 그때 생기는 활력이 나로서는 귀한 것이라서.")
유리 빌딩에 구름이 비쳐 지나가는 것을 바라보면서 우리는 크고 무거운 주제로 의견을 나눴다. 단정적인 말투를 많이 쓰는 데 반해 그는 나를 존중해주었다. 존중해주었다기보다 어리다고 배려하지도 깔보지도 않았다고 하는 편이 옳겠다.

편도체는 나직한 목소리로 다양한 분야를 씹어 뱉었다. 그의 말은 시도 때도 없이 터지는 우리 아버지의 분통과 달리 조리를 갖춘 분노였고, 콜린 윌슨의 책처럼 반사회적인 관심사를 반영한 결과물이었다. 우리가 나눈 대화들은 내 머릿속 깊숙이 — 좌우뇌반구에 하나씩 들어 있다는 편도체가 해석해 기억 어딘가에 차곡차곡 담겼다. 나는 물풀을 감고 꼿꼿이 서 있는 해마처럼 그의 말을 열심히 들었다.

매번 달라지는 식사도 흥미로웠다. 고등어 파스타라든지, 도치 알탕이라든지, 중식 코스요리 등 처음 먹는 요리들이 내 입맛을 사로잡아(타락시켜) 성인이 되어서도 쭉 맛집을 기웃거리는 버릇이 들었다.

"뱀을 길러보고 싶었어요."

장뇌삼이 들어간 삼계탕을 먹고 나와 은밀한 바람을 털어놓은 적이 있다. 우리는 동십자각 횡단보도에서 파란불을 기다리는 중이었다.

"유튜브에서 봤어요. 얼린 토끼나 햄스터를 해동해서 먹이로 주더라고요. 영상에는 자세히 나오지 않았지만 통째로 삼키겠죠. 그리고 소화하겠죠. 뱀의 피부는 시원하다고 하는데 제 이마를 한번 대보고 싶어요. 그러면 '골무'도 좀 식을 것 같아요."

우리 사이에는 은어가 많다. '골무'는 코뼈에서 6센티 정도 안으로 들어간 슬하전두엽피질을 말한다. 크기가 골무 정도라고 편도체가 말해줬다. 골무가 잘 움직이지 않으면 장기간 우울증에 걸린다고도.

편도체의 골무는 십년 넘게 움직이지 않았다.

늘씬한 이 빌딩 한층에 그의 책상이 있었다. 그의 분노가 있다. 끊임없이 스스로를 조절하고 적대감에 대응하며 어금니를 마모시키는 고위 간부의 분노. 하지만 그는 간부 아닌가. 중역 아닌가. 가진 게 많았으니 소화불량에 걸린 거다. 애당초 잃을 게 없는 나의 허기와는 경우가 다르다.

물론 편도체도 온전할 리 없지만.

"네가 뱀을 기르고 싶은 것과 비슷한 이유로, 나는 킬리피시를 키우고 있다."

킬리피시? 처음 듣는 물고기였다. 그는 스마트폰으로 사진을 보여주고 정보 글을 읽어주었다.

"킬리피시는 우기 동안에만 잠깐 생겨났다 없어지는 웅덩이에 서식한다. 건기에는 알 상태로 있다가 연못이 생기면 부화한 지 삼주 만에 성숙하고 곧 노화하여 다섯달 만에 생을 마감한다. 비늘이 흐릿해지고 정신이 가물가물해지면서 종양이 발달되는 과정으로 노화가 진행된다 ― 어떠냐, 키우는 이유가 짐작이 가지?"

알 듯 모를 듯하다. 그걸 왜 키우느냐고 묻자 편도체는 자신의 '비늘'은 이미 흐릿해졌고 정신도 가물가물한데다 종양까지 발견 됐기 때문이라고 했다. 당장 죽는 건 아니지만 살날이 길지 않다는 것이다.

"퇴원 전날 의사가 무슨 과일을 좋아하냐고 묻더군. 복숭아라고 하니까 '많이 드세요' 이러는 거야. 그때는 무심히 넘겼는데 지금 보니 죽기 전에 복숭아나 실컷 먹어두라는 소리 아니겠어?"

그래서 평생 안 해보던 짓이나 해보려 했는데, 고기도 먹어본 놈 이 먹는다고 놀 줄을 몰라 일하던 곳만 배회하더라는 것이다. 그 러다가 '양식 가능한 척추동물 중 수명이 가장 짧다'는 광고에 끌 려 킬리피시의 알을 주문했고 부화시킨 지 이주쯤 되었다는 것이 다. 자신도 죽어가면서 다른 생명의 전 생애를 지켜보려 하다니 짓 궂은 농담 같다. 주인이 먼저 가면 어쩌냐고 말하다가 너무 무례한 것 같아 얼른 눙쳤다.

"그럴 것 같으면 저한테 보내세요. 책임지고 키우다 장례도 잘 치러줄게요."

"그래, 고맙구나."

편도체는 비웃듯이 고개를 까닥하더니 잠시 후 얼굴을 활짝 펴 고 웃었다.

"약속한 거지? 네가 잘 키워준다고."

"틀림없이요."

"이상하게 든든하네. 아무것도 아닌데 마음이 좋구나. 보험 하나

새로 들어둔 것처럼."

그럴 일 없을 것 같다고 말했지만 그는 어두운 속내를 털어놓았다.

"아내와 사별한 다음부터 죽을 방법만 연구했단다. 아이가 없는 우리 부부는 금슬이 좋은 편이 아니었지. 그런데도 아내 없이 남겨진 시간이 견딜 수 없더구나. 예순네살에 배우자도 자식도 없이, 돈은 제법 많지만 남들이 나를 동정할까봐 전전긍긍하는 처지가 될 줄 누가 알았겠니? 아니지. 모를 수가 없는 일이었어. 난 뻔한 그 길로 가고 있었으니까.

나를 해치는 상상을 하다보면 사물이 전부 죽음의 도구로 보인단다. 아내의 수입 식기들을 식탁 위에 주르륵 꺼내놓고 내 피를 받는 상상을 해보는 거지. 밥그릇, 국그릇, 파스타용 오목한 그릇까지 그득그득 피를 담는 거지. 칼이나 가위는 보기만 해도 저릿하고, 옷걸이는 교수대로 보이고, 얼마나 생생한지 가스밸브만 봐도 벌벌 떨릴 정도지.

그러고 나면…… 진정이 돼. 이상하게도 그것들이 날 죽이는 상상을 하면 기분이 나아진단 말이야. 나는 곧 죽을 예정이기 때문에 당장의 스트레스쯤 별것 아닌 것처럼 여겨져. 김이 모락모락 나는 피나 심장을 떠올리면 차분해진다. 이보다 나은 항우울제를 아직 찾지 못했어."

"그러다 큰일 나요."

편도체는 "알아"라고 짤막하게 대꾸할 뿐 한동안 말이 없었다.

"당장 좋아야지. '나는 지금 내가 마음에 든다' 항상 이 문장을 유지해야 해. 혼란에서 꺼내줄 동아줄은 오직 저 문장에 근거한 선택뿐이더구나. '지금'이라는 시제를 명심해야 한다. 과거는 지나온 순간 모습을 바꿔버리고 미래는 '참고 견뎌라'라는 말밖에 하지 않으니까. 오직 현재, 그것도 지금 당장이 중요하다. 그래서 말인데, 넌 지금 당장 뭘 하고 싶냐?"

"편안한 소파에 앉고 싶어요."

"좋다. 내가 기막힌 소파를 소개해주겠다."

그는 택시를 잡아타고 5성급 호텔 라운지 카페로 나를 이끌었다. 우드테이블과 넓은 소파가 놓여 있는 카페는 중후한 분위기였고 손님은 우리뿐이었다. 어찌나 안락한지 소파에 파묻히면서 나도 모르게 으음, 이런 소리를 냈다.

이후로도 편도체에게 수많은 장소와 사물을 '소개'받았지만 그를 떠올리면 항상 광화문이나 효자동의 거리 풍경이 지나간다. 우리는 그곳에서 만나 수많은 길을 걸어다녔고 그러면서 떠들었기 때문이리라.

다섯번째 만남에서 우리의 주제는 이런 것이었다.

왜 사람은 불행에 붙들리는가? 납득할 수 없는 불행에 붙들린 사람들을 볼 때 흔히들 "왜 저러고 살아?" 하며 고개를 젓는다. 정말 왜, 그렇게 사는가? 모든 것을 끝장낼 듯 살기등등한 아버지가 자주 입에 올린 말은 "버려! 내다 버려!"였다. 장난감이 상자 밖으로 나와 있으면 전부 버리라고 소리쳤고, 책상이 어질러져 있으면 책들을 갖다 버리라고 했다. 겁먹은 내가 울음을 터뜨리면 애새끼도 내다 버리라고 고함을 지르다 손찌검이 시작된다. 결과적으로 아버지는 티끌 하나 버린 것이 없다. 쇼핑광인 어머니도, 열등종자인 아들도. 분통을 터뜨리며 뒷감당을 하고 건사하는 사람은 아버지였다. 제발 버려줬으면 좋겠는데.

그런 면에서는 어머니도 마찬가지다. 아버지가 폭발할 때마다 어머니는 "지긋지긋한 이놈의 집구석. 떠나고 말 거야"라고 읊어댔다. 정작 이 말을 실행에 옮긴 것은 단 사흘뿐이었다. 돌아온 엄마는 아빠 몰래 대출을 받을지언정 두번 다시 집을 나가지 않았다. 리모컨을 성물처럼 손에 쥐고 홈쇼핑 채널을 경건하게 시청(경배)할 뿐이다. 왜 같은 지옥에 한결같이 들어앉아 있는 것일까? 마음에도 없는 빈말을 하면서.

"마음에도 없는 빈말은 아닐 거다."

편도체는 버블티를 쭉 빨아 마셨다. 코코아맛 버블티의 두꺼운 빨대가 그의 입에 꽂혀 있는 품새가 영 어색해 보였다. 우리는 아디다스 저지를 입고 방금 이 옷을 산 롯데 아웃렛 파주점 야외 테라스에 앉아 있다. 편도체의 벤츠는 야외 주차장에 세워두었다.

진지한 대화를 나누기엔 어울리지 않지만 평일이어서 그런가 아웃렛 외부는 햇볕이 내리쬐는 조용한 공원 같기도 하다. '파주점 그랜드 페스타! 다양한 행사와 추가 할인! 아이다스 70% 세일!'이라는 문구가 적힌 깃발이 휘날리고 있지만 저 소리 없는 아우성은 이미 3만 9천원씩 주고 사 입은 네이비색 저지로 저지되었다.

옷이 마음에 드니 쇼핑에 성취감이 든다. 돈을 제대로 써서 기분이 좋다는 만족감, 자본주의적 시민의 정체감을 확인하는 순간이라고 할까. 같은 컬러를 입은 덕에 그와 나는 조손 같아 보인다. 새 옷이 주는 물성(영성)으로 인해 내 생각이 흐트러지는 동안에도 편도체의 말은 이어지고 있었다.

"……네 부모들은 진심을 말한 거야. 배우자에 대해 끝없이 불평하면서도 끝내 헤어지지 않는 기혼자들은 사실 '불평하는 그 상태'가 좋은 거란다. 이것이 결혼의 무시무시한 비밀이지. 가정을 이뤘고 배우자는 마뜩잖고 그래서 욕하고 감정풀이할 상대는 있는 상태 말이다. 사람들은 누구나 욕할 대상이 옆에 있기를 원한단다. 그러지 않으면 인생에 책임을 져야 하는데 그건 싫거든. 그런데 결혼을 하면 영구히 트집 잡을 대상이 생기는 것 아니냐.

결과적으로 결혼은 사랑하는 사람과 하는 게 아니라 불평하게 될 사람과 하는 거야. 네 아버지는 네 어머니가 너무 만족스러울 것이다. 큰소리치기 좋아하고 주기적으로 분노를 터뜨려야 직성이 풀리는 남자에게 딱 맞는 상대 아니냐? 네 어머니도 불쌍할 것 없다. 아비의 성정을 알았으면 널 데리고 도망쳤어야 했는데 그러질 않았지. 결국 네 어미는 너보다 네 아버지를 선택한 거야. 그들은 자기가 선택한 배역을 아주 잘해내고 있다."

나는 얼빠진 목소리로 항의했다.

"그러면 저는요? 아무것도 선택하지 않았는데 가장 힘든 배역이 떨어졌잖아요."

"유감스럽지만."

전혀 유감스럽지 않은 목소리로 그가 말했다.

"유책 부모의 짐은 아이들이 같이 지게 되어 있어. 그게 운명이다. 모든 인간이 붙들려 있는 운명. 하지만 어느 정도 알아차릴 수 있고, 거리를 두고 생각할 수 있지. 이건 중요해. 알고 당하는 것과 모르고 당하는 것은 천지 차이니까."

나는 울었다. 분해서 울었다. 그의 말이 옳기 때문에 그가 미웠다. 옳은 그가, 진실을 말해주는 그가 미웠다. 편도체가 망가져 감정을 느낄 수 없게 된 환자처럼 냉정한 그가 이 순간에는 내 부모보다 미웠다.

하지만 동시에 깨닫고 있었다. 나는 그를 미워하는 이 순간을 즐기고 있었다. 진실의 과녁이 뚫리고 그 사이로 막아둔 감정이 터져나왔다. 폭로가 주는 해방감 때문에 질질 짜고 있는 것이 부끄러운 줄도 모르고 있었다.

여덟번이 넘었지만 그와의 대화에 중독된 나는 더이상 만남의 횟수를 세지 않았다. 그로부터 며칠 후에 내가 물었다.

"아저씨의 부모는 어땠나요?"

"난 성녀의 아들이지."

그의 부모는 그 시절에 드물게 가방끈이 긴 사람들인데 운이 없어 형편이 좋지 않았다고 한다.

"우리 어머니는 성녀였다. 성녀는 고난으로 만들어지기 때문에 주변의 핍박을 필요로 한단다. 달리 보자면 자신의 성스러움을 위해 주변을 비틀리게 만드는 측면도 있다는 것이지.

어머니는 호된 시집살이를 당했고 생계를 책임지면서 오년이나 이어진 아버지의 병수발도 맡아야 했다. 대소변을 받아내는 동안 눈살 한번 찌푸리지 않았지. 이렇게 절대적이고 순종적인 '선함' '화 한번 내지 않고 모든 것을 감당하는 존재'는 '악함' '화만 내고 모든 것을 떠넘기는 존재'를 불러들이는 법이다. 네 부모가 딱 맞는 패를 이뤘듯, 우리 부모도 마찬가지다. 그게 인간관계의 속성이지. 책임은 무책임과 짝을 이루고, 선함은 악함과 짝을 이루고……

커서 보니 세상에는 그런 성녀가 한둘이 아니더구나. 바위로 된 스펀지 같은 인간들. 남편보다 몇배로 강한 여자들. 절대로 타락하거나 무책임하지 않을 여자들. 정말 숨 막히는 천사들이지. 자식은 죽고 싶어도 내색조차 할 수 없다. 죽고 싶다는 것은 자기 욕망인데 성녀의 아들이기 때문에 자기 욕망 따위를 들여다봐서는 안 되는 것이지. 나는 언제나 우등생, 모범생이었다. 한발짝도 달아날 수 없었어. 내 행동에 두 목숨이 달려 있는 느낌을 받았으니까. 어머니는 나를 성공한 아들로 키워냈지만 행복한 아들로는 키우지 못하셨지.

넌 미성년자니까 부모를 원망해도 돼. 그렇지만 불행에 아첨하지 말거라. 그래봐야 시고 떫은 열매만 나눠줄 뿐인데 아무짝에도 쓸모없는 것이다. 자기연민에 빠져 빌빌거리면 개 같은 인간이 되기 십상이니까."

　그날 밤 한평짜리 고시원 천장을 바라보면서 잠을 이룰 수 없었다. 나의 본질은 결국 증오의 형태로 된 자기연민이 아니었을까. 편도체가 그걸 꿰뚫어 본 게 아닐까 하는 생각이 들었던 것이다. 너무 가까워졌어. 그렇게 중얼거리자 수치심에 얼굴이 달아올랐다.

　추석이 다가왔다. 일주일에 달하는 기나긴 연휴가 잡히자 준원에게서 전화가 왔다. 그는 서두에 잠깐 등장한 적 있는 나의 동갑내기 부자 친구, 부모 둘 다 교수이며 전교 일등으로 입학해 일등으로 졸업할 인간이다.

　"나랑 제주도에 갈래?"

　부모님 은퇴용으로 짓던 집이 완공됐는데 연휴 때 집들이 비슷하게 파티를 한다는 것이다.

　신준원이 내 친구로 남아 있는 것은 미스터리다. 우리 사이에 공통점이라고는 책을 좋아한다는 사실뿐이다. 그는 내 형편없는 집구석을 '문학적으로' 해석하는 얼간이인데, 이제는 고교 중퇴라는 후광까지 더해져 아예 나를 숭상한다. 암만해도 나는 자기 아버지를 존경한다는 인간을 신뢰할 수 없는데 말이다.

　별장은 이천평 정도 되는 귤 밭 한가운데에 자리 잡고 있었다. 집의 한쪽 면이 대부분 유리로 되어 있는 이유도 저 풍경을 들여놓기 위해서일 것이다. 시계가 좋은 날에는 한라산까지 보였다. 이 경치 때문에 준원의 부모가 이 땅을 샀을 거라는 짐작이 들었다.

가장 근사한 것은 별채였다. 삼각형의 박공지붕 아래 작업장을 겸한 서재가 있었다. 홈바와 화장실이 별도로 딸려 있기 때문에 본채에 가지 않고도 틀어박힐 수 있다. 무엇보다 한쪽 벽면에는 바닥에서 천장까지 빈틈없이 채워진 서가가 있다. 책등을 손으로 쓸기만 해도 기분이 좋아질 것 같았다.

초대된 이들은 주로 제자들이었다. 선량하고 세련된 사람들로 학자와 여행가, 회사원, 레스토랑 셰프 등이 섞여 있었고 서너살 난 아이를 키우는 젊은 부부도 두어쌍 있었다. 농담과 살아온 이야기들이 완만하게 이어지고 술과 음식이 끊이지 않았다. 아이들은 지치지 않고 뛰어다녔는데, 뛰어노는 아이들이 없으면 절대로 완성되지 않는 풍요의 풍경이라는 게 있다는 것을 그날 처음 알았다. 바비큐 파티를 마친 후에는 나란히 마당에 서서 불꽃놀이를 했다.

스무명과 더불어 즐겁고 무해한 분위기로 사흘쯤 보내자 ― 머리가 터질 것 같았다. 이 사교적인 분위기가, 어떠한 결핍도 없이 화기애애하기만 한 달짝지근한 공기가 견딜 수 없어진 것이다. 나는 서재로 달아나 두꺼운 책을 골랐다. 술잔이 부딪치는 소리, 아이들의 쨍한 목소리, 사람들의 웃음소리가 커질수록 책에 매달렸다. 부모들이 싸울 때마다 귀를 막기 위해 독서에 덤벼들던 모습과 똑같았다. 일시적인 대가족처럼 지내던 그 선량한 사람들의 무엇이 그토록 비위에 거슬렸을까? 나는 왜 위악적으로 책에 파고든 것일까?

"고통을 모르는 사람은 내면이 없는 것이란다. 그들은 운 좋은 어린애들이나 다름없어. 잠시는 괜찮지만 오래 같이 있긴 힘들지."

제주도에서 느낀 당혹감을 털어놓았더니 편도체는 이렇게 논평했다.

"하지만 너무 편협하잖아요."

"맞는데, 그래서 더 마음에 드는 소리 아니냐?"

정곡이 찔린 나는 웃을 수밖에 없었다.

"모든 상상 중에서 고통을 상상하는 것이 가장 어려운 법이다. 고통은 오직 겪은 자들만이 그 언저리라도 떠올릴 수 있는 법이니까. 그런데다 저마다의 고통이 다르기 때문에 우리는 누군가를 완전히 이해할 수도, 상상할 수도 없다. 그래서 인간은 서로에게 신비로운 존재인지도 모르지."

나는 점점 이 괴팍한 노인네가 좋아지고 있었다.

편도체가 약속을 어겼다.

처음 있는 일이었다. 나쁜 예감이 들었고, 불행히도 맞았다. 광화문까지 오는 버스를 기다리다가 협심증으로 쓰러졌다는 것이다.

병원에 입원한 지 나흘 후에야 그에게서 전화를 받았는데 나도 모르게 화부터 냈다. 나흘 동안 내가 어땠는지 아냐고, 사는 곳도 모르고 무슨 일이 일어났는지도 모른 채 카톡과 전화만 골백번을 하면서 무슨 생각을 했겠냐고 말이다. 화를 거의 내지 않는 나지만 한번 폭발하면 아버지와 똑같아진다. 폭포수같이 한바탕 퍼붓고 나서야 이성이 돌아왔다.

"그래서, 지금 괜찮다는 거예요?"

"죽지는 않는다."

편도체는 쩔쩔매는 시늉을 하며 사과했다. 하지만 내심 나에게 사과할 일이 생겨 즐거운 것처럼 들렸다.

"네가 화를 내니까 기분이 좋구나. 그만큼 걱정했다는 거니까."

"됐고, 병실 호수나 불러요."

병원에 도착해 그와 마주하자 마음이 서늘해진다. 나는 언제나 완벽히 갖춰 입은, 그러니까 잘 손질된 고급 옷과 모자에 둘러싸인 그를 보아왔던 것이다. 고급을 벗겨낸 자리에 병원 로고가 찍힌 환자복을 입은 그는 몇배는 더 늙어 보였다. 그새 살이 내려 볼이 패고 성긴 머리카락이 두피에 달라붙어 더욱 그럴 것이다. 팔에는 링거액이 꽂혀 있었다.

"삼십분밖에 안 걸리던걸. 나이가 나이니까 온 김에 이런저런 검사도 해두는 거지. 당장 퇴원해도 되는데."

혈관에 스텐트 시술을 했다는데 노인네가 기운이 넘친다. 오히려 맥이 풀리는 것은 나다. 병원에 입원했다는 말을 듣고 얼마나 겁이 나던지, 내 부모가 쓰러졌어도 이보다는 덜 놀랐을 것이다.

"아저씨."

할아버지라고 불러야 옳지만 나는 한번도 그를 노인이라고 생각한 적이 없다. 보호자용 의자에 앉아 묻고 싶던 것을 단도직입적으로 물었다. 어쩌면 질문할 시간이 많지 않다는 것을 깨달았기 때문일 것이다.

"아저씨는 한번도 저를 어린애 취급 하지 않았죠. 왜 그러셨어요? 아니, 어떻게 그러실 수 있어요? 저는 동갑내기한테도 무시당하는데 말예요."

편도체는 잠시 말을 고르기 위한 침묵을 가졌다.

"어린애가 아니었으니까. 넌 그냥 거리에 들어온 지 얼마 되지 않은 것뿐이었어. 나는 그 거리에서 삼십년을 보냈고 일도 하고 권력도 맛보고 은퇴도 했지. 더이상 그 거리에서 읽어낼 것이 없었는데 네가 나타나서 새로워졌고 추억이 생긴 거야. 내 나이에 새 친구를 만난다는 것은 흔한 일이 아니다. 너는 좋은 조깅파트너였어."

"조깅이요?"

"그 거리에서 난 언제나 달렸던 것 같아. 입사 초기에는 목에 사원증을 걸고 점심만 먹으러 가도 의기양양했다. 내가 이 빌딩에 진입했다는 것만으로도 가슴이 벅차올랐지. 정신을 차려보니 동료도 선후배도 적들에 흡수된 후였어. 법인은 인격이 아닌데, 나는 회사를 살아 있는 인간처럼 여겼던 모양이다. 하루아침에 해고되니 배신감은 말할 것도 없고 모든 것이 비현실적으로 보이더구나. 회전문을 한바퀴 돌아 나왔을 뿐인데 어느새 나는 늙어 있고 친구도 아내도 사라진 셈이니까. 처음에는 이 모든 것이 외국인 사장 때문이라고 생각했지만 그게 다는 아니더구나. 나 때문이었어. 내 선택이노년의 모습을 만든 거야. 사실 나는 신변을 정리하는 중이었다. 책들을 중고시장에 올린 것도 그 때문이었지. 신변이 정리된 다음에뭘 할지는 뻔한 것 아니냐?

일전에 너의 마음이 쓰레기로 가득 찬 파이프 같다고 말한 적이 있지? 나는 말이다, 오래된 아파트 같다. 철거 직전이라 입주민은 다 빠져나가고 깨진 유리창 사이로 바람이 숭숭 들어오는 그런 아파트 말이야. 너는 그 아파트에 단 하나 불이 켜진 집과도 같아."

편도체는 오로지 노인들만 가능한 부드러운 목소리로 솔직히 말해주었다. 나는 아무 말도 할 수 없었다. 여기서 한마디라도 말하면 작별 인사처럼 될 것 같아 두렵기 때문이다. 그래서 자꾸 멀리 떠날 사람처럼 말하는 그가 마음에 들지 않았다.

"책 한권 주고 내가 너무 오래 붙들고 있었지."

그다음 말은 더욱더.

마포에 있는 그의 아파트에 갔다. 짐을 챙기고 물고기에게 먹이를 주기 위해서였다. 한번도 집으로 초대한 적은 없기에 내심 궁금했는데, 현관 센서등이 켜지는 순간부터 이유를 알 수 있을 것 같았다. '신변 정리를 끝냈다'는 말이 무엇인지 체감할 만큼 그의 집은 텅 비어 있었다. 침대 하나, 옷장 하나, 소파와 탁자 하나가 가구의 전부였고 바닥에는 카펫도 깔려 있지 않았다. 어쩌면 이토록 황량한가. 편도체의 집은 이따금 그의 얼굴에 떠오르는 표정과 닮아 있었다.

탁자 위에는 청록색 물고기 서너마리가 헤엄치는 작은 어항이 놓여 있었다. 이게 킬리피시구나. 처음 이야기를 들은 날부터 얼마나 지났는지 헤아려보니 이놈들은 노화가 진행 중일 것이다. 저 작은 머리 안에 종양이 들어 있을까. 그렇지만 물고기들은 아무리 나이가 들어도 늙어 보이지 않는다. 그때 편도체로부터 문자가 왔다.

〈살아 있니?〉

내내 마음이 쓰였던 모양이다. 그럼요,라고 답 문자를 보내면서 옆에 놓인 사료를 주었다.

〈엄청 건강해 보여요. 그래도 다음부터는 거북이 같은 거 키우세요.〉

속옷과 양말 등속을 챙겨 병원으로 향하는 동안 문득 깨달았다.

나는 내 보폭으로 걷고 있었다. 다시 말해 도시를 가로지르고 있는데 그 없이 걷고 있는 것이다. 어떤 면에서는 홀가분했다. 노인의 걸음에 맞출 필요 없이 내 속도로 움직이니까.

그러나 내 걸음은 점점 빨라지고 있었다. 뒤에서 누군가 쫓아오기라도 하듯 속도를 높였고 종래에는 뛰다시피 버스 정류장으로 향했다. 그 짧은 순간에 문득 암시를 받은 것이다. 이렇게 되겠구나. 한걸음 걸을 때마다 혼자 남겨졌다는 것을 상기하면서. 그의 부재를, 사후를 미리 들여다본 것 같아 끔찍한 기분이 들었다.

편도체와의 대화를 복기하며 광화문을 배회하는 먼 훗날의 내 모습이 떠올랐다. 킬리피시는 어쩌면 나일지도 몰라. 그가 만든 웅덩이에서 잠깐 서식하다 사라질 존재. 우리는 타인에 대한 함수일 뿐이라고 곰브로비치는 말한 바 있다. 편도체가 죽고 X축이 사라지면 나는 영영 허공에서 내려오지 못하는 Y축이 되어버리는 것이 아닐까.

병원에 도착해 엘리베이터에 오를 때까지도 나는 공포에서 벗어날 수가 없었다.

나는 그를 알았고 언젠가는 상실할 것이다. 그를 알게 되어 이만큼 커진 세계가 있고 그를 잃게 되어 그만큼 사라질 세계를 품고 있다. 그 공백까지 포함한 것이 아마 미래의 나일 것이다. 이 깨달음이야말로 검정고시 합격증 대신 얻은 열여덟의 결과물이다. 그 후로 이른 나이에 군대에 입대하고 늦은 나이에 대학을 가서 신입생 사이에 어색하게 앉아 있게 될 테지만 '나는 책상분노야'라고 말하던 그의 목소리는 여전히 나의 해마 안에 남아 있을 것이다.

그러나 전부 미래의 일이다. 지금의 나는 열여덟이고 병실에 누워 있긴 해도 여전히 그가 살아 있다. 그의 편도체 역시 살아 있다. 언젠가 그는 이런 말을 한 적이 있다. "증오, 두려움, 노여움, 사랑, 즐거움…… 이 모든 것을 포도 한알만 한 편도체가 분석하다니 참으로 흥미롭지. 내 머리에서 그 포도를 빼낼 수 있다면 남은 시간이 무탈할 텐데." 그렇지 않다. 편도체가 없으면 이 소중한 공포도 모를 것이 아닌가. 두려움이 비밀처럼, 보물처럼 느껴지는 이 순간이 먼 훗날 혼자 서성이는 나날 속에서 나를 지켜줄 것이다.

병실에 도착해보니 그는 옅은 잠에 빠져 있었다. 조심스레 종이 가방을 내려놓고 차가운 창유리에 이마를 식혔다. 우리가 읽어주기를 바라는 도시라는 거대한 책이 발아래 펼쳐져 있었다. 여기에 적힌 것을 읽으려고 그토록 많은 골목을 누볐음에도 펼친 페이지는 너무도 적어 보인다. 나는 뭔가를 찾는 사람처럼 계속해서 아래를 내려다보았다. 아직도 그와 함께 읽을 부분이 많이 남아 있는 도시를.

"무슨 생각을 하는 거냐."

선잠에서 깬 그가 묻는다.

"아무것도요."

나는 먼 미래에서 지금 이 순간을 들여다본 비밀을 감춘 채, 병실 블라인드를 내렸다.

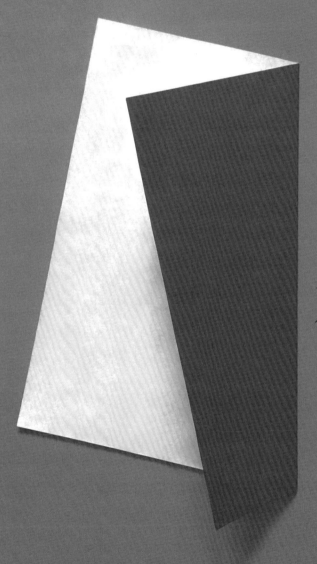

정상인

사년 만에 메일을 받았을 때 주영은 그러려니 했다. 정선배는 육
년 전에도, 팔년 전에도, 십이년 전에도 마찬가지였다. 장황하게 근
황을 묻고 그보다 길게 자신이 몰두한 일들을 늘어놓다가 '한국
에 가면 보자'로 마무리되는 뜬금없는 메일. 이러다 끊어지겠지 싶
다가도 그들은 몇년을 주기로 영양가 없는 안부를 주고받았다. 정
선배가 우울증 내력을 고백하기도 하고 주영이 해고 직후의 곤궁
함을 털어놓은 적도 있지만, 서울과 런던이라는 거리 때문인지 내
밀한 편지가 각자의 일상에 영향을 끼칠 일은 없었다. 그런 이유로
연락이 완전히 끊어지지는 않았던 것이다.
　메일의 말미에는 예상 밖의 내용이 적혀 있었다. 선배는 아예 한
국으로 돌아와 정착할 예정이라고 했다. 이런저런 일들을 갈무리

하고 맑스 탄생 200주년을 맞아 5월 5일에 만나면 어떻겠느냐는 것이다. 비혼인 두 사람에게 5월 5일은 어린이날이 아니라 맑스가 태어난 날이긴 했지만, 굳이 그날로 약속을 잡은 모양새를 보자 피식 웃음이 나오는 것은 어쩔 수 없었다.

답신을 쓰지 않은 채 하루를 보냈더니 선호에게서 카톡이 왔다. 같은 소식을 받았다는 소리를 들어 주영의 기분이 한결 가벼워졌다. 선배에게 밝히지 않았지만 주영은 선호와 다시 조심스럽게 만나는 중이었다.

퇴근 후에 주영은 책장 앞에 오래 서서 한권의 책을 찾았다. 『칼 맑스/프리드리히 엥겔스 저작선집 1권』. 1991년에 초판이 나왔고 1995년에 5쇄를 찍었다. 가격은 18,000원이고 책등은 3.5센티쯤 된다. 얼마나 책장 깊숙이 꽂혀 있던지 이 책을 꺼내자 옆에 있던 다른 책들이 비명을 질렀다.

내친김에 주영은 한 무더기의 책을 더 꺼내어 페이지를 넘겨보았다. 스무살에 보던 책의 밑줄 친 부분을 마흔 넘어 읽어보니 기분이 이상했다. 이건 이십년 전의 나를 만나는 일이구나. 열자리 휴대전화 번호며 책 가두리의 낙서, 지금과는 판이하게 다른 자신의 글씨가 낯설었다. 얄팍한 개론서를 펼치자 털어내지 못한 지우개 가루가 고스란히 박혀 있기도 했다. 변증법을 설명하는 나선형 계단을 이십년째 감싸고 있던 지우개 가루들은 털어도 잘 털어지지 않았다. 주영의 머릿속에 남아 있는 기억의 몇조각처럼.

"네가 우리 캠에서 마지막이야."

나경 언니가 어둠 속으로 담배 연기를 길게 내뿜었다. 등받이 없는 의자에 앉아 어묵탕에 숟가락을 넣다 말고 주영은 고개를 번쩍 들었다.

"오늘부로 깃발 내린다. 나, 공무원 시험 준비할 거야."

언니의 표정은 구불구불한 머리카락에 가려져 보이지 않았다. 저 전설적인 파마머리는 언어 성폭력을 저지른 토목과 남학우들에게 공개적인 사과를 받아내던 날 기념으로 한 것이다. 생머리에서 굵은 파마머리로 바뀌자 나경 언니의 카리스마는 네배쯤 불어났다.

새내기인 주영은 리얼리즘 문학회에서 사회과학 공부를 맛보다가 고학번 선배에게 제안을 받았다. 유물론을 더 집중적으로 가르쳐줄 사람이 있는데 만나보겠느냐는 말이었다. 주영은 그러겠다고 했고, 나경 언니의 지도 아래 『철학의 기초이론』과 『경제학의 기초이론』을 비롯한 개론서들을 뗐다. 『공산당 선언』에 들어간 날이었다. 그런데 저녁 겸 반주를 하는 자리에서 언니가 느닷없이 선언을 한 것이다. 이 세미나가 캠에서 하는 마지막 운동이라고, 집안이 쑥대밭이 되어 졸업 즉시 가족을 부양해야 할 처지라고 했다.

주영은 이어달리기의 마지막 주자가 되어 보이지 않는 바통을 건네받은 것 같았다. 자기가 이 바통을 집어들 것은 분명한데, 트랙이 어디로 이어질지 몰라 망연자실한 기분이었다. 오늘은 처음으로 맑스의 진짜 문장을 본 날이다. '하나의 유령이 유럽을 떠돌고 있다……' 얼마나 선동적인가! '잃은 것은 쇠사슬이요, 얻을 것

전 세계다.' 마지막 페이지를 덮으며 주영은 가슴이 벅차올랐다. 끓는 피를 식혀보고자 소주를 마시던 참인데, 언니가 폭탄선언을 한 것이다.

한총련 끝물 세대인 주영은 강력한 예감에 사로잡혔다. 선배들의 무협지 같은 시절이 막을 내렸고 이 판에 기웃거려봐야 '오늘부로 깃발 내린다' 같은 소리밖에 들을 수 없음을. 마음속에 환멸인지 실망인지 모를 안개가 피어났는데, 주영은 그게 또 싫지 않았다. 그 와중에 캠퍼스를 '캠'이라고 줄여 부르는 선배의 말을 새겨들었는데 캠퍼스는 캠, 공산당 선언은 공선언, 마르크스는 당연히 맑스. 이렇게 줄임말을 사용하면 뭐랄까, 그 세계를 친근하면서도 전문적으로 대하는 느낌이 든다. 캠퍼스를 캠으로 부르니까 평범한 대학가가 하나의 진지처럼 동그랗게 뭉쳐지는 것 같았다.

"내 말 듣고 있어?"

어느새 평소의 목소리로 돌아온 나경 언니는 딴생각에 빠진 주영의 정신머리를 퉁겨주었다. 주영이 끝내 운동권 꿈나무가 되지 못한 것은 시대 탓이라기보다 옆길로 새도 너무 새는 부족한 집중력 때문일 것이다.

"끝낼 때 끝내더라도 넌 확실히 책임질 거야. 네가 공부할 곳은 이미 알아났어. 그전에 나랑 책 한권만 더 보고 그리로 가면 된다."

'자꾸 어디를 가라 마라 해……' 반감을 느끼면서도 주영은 선배들이 가라는데 가지 않은 적이 없다. 얼마 뒤 타 대학에서 열린 외부 세미나에 간 다음에야 주영은 자신이 이어달리기 주자가 아니라 '바통' 그 자체였다는 것을, 선배들끼리 이야기되어 이 세미나에서 저 세미나로 자신이 인수인계됐다는 사실을 깨달을 것이다.

주영은 신촌에 있는 '오늘의 책'에서 나경 언니를 마지막으로 만났다.

"자유롭게 둘러봐."

언니는 서점 안을 익숙하게 돌아다니며 책을 꺼내거나 메모를 했다. 반면 주영은 어찌할 바를 모르고 있었다. 아마도 이 서점 전체에서 가장 쉬운 책을 읽을 사람이 자신인 것 같은데, 심지어 그 책조차 오늘 살 예정이었으니 말이다. 주영은 발소리가 나지 않게 조심조심 걸으며 가판대에 놓인 책들을 살펴보았다. 목차부터 무슨 소린지 당최 모르겠다. '그러게 철학용어사전이라도 사지 그랬어.' 턱수염과 긴 머리의 혁명가들이 책 표지에서 이렇게 말을 거는 듯했다.

나경 언니가 추천해준 책들은 하나같이 긴 주석이 붙어 있거나 '더 읽을거리'라는 목록이 달려 있었다. 이런 목록이 있다는 것 자체가 이 책이 가이드북 성격을 띤다는 의미이고, 앞으로 읽을 게 무궁무진하다는 뜻이다. 목을 하나 베면 그 자리에서 서너개의 목이 생겨나는 괴물처럼 배워야 할 책들이 불어났다.

주영은 왜 그런 책들에 이끌렸을까? 소화가 되지 않는 관념을 집어삼키는 일이 어떻게 기쁨이 되었을까? 사회과학 공부는 이상했다. 아는 것이 많아지는 느낌이 아니라 모르는 것이 늘어나는 공부였으니까. 공부를 할수록 모르는 것이 구체적으로 늘어나 머리가 터질 것 같았고, 그럼에도 세계의 진짜배기를 맛본 것 같아 심장이 터질 것 같았다. 머리와 심장이 터지지 않은 것은 중간에 비밀 연애도 하고 아르바이트도 했기 때문일 것이다.

모르는 사람밖에 없는 곳을 혼자 찾아가는 데는 용기가 필요했다. 나경 언니가 알려준 회기동의 한 대학 강의실로 향하면서 주영은 지금이라도 그만둘까 고민했다. 인문대 건물을 찾느라 이미 늦었고, 여기서 돌아간들 누가 뭐라 할 사람도 없으니 말이다. 갈등 끝에 찾던 강의실이 나오자 에라 모르겠다는 마음으로 문을 열었다. 안에는 한 무리의 사람들이 강의실 의자를 원형으로 배치해 앉아 있었다.

그 모임을 어떻게 불러야 할까. 주영은 다이어리에 '외부 세미나'라고 적었고 구성원들끼리는 '원전 읽기' 혹은 그냥 '모임'이라고만 칭했을 뿐 이름조차 없다. 이주일에 한번씩 아무런 친분이 없는 사람들끼리 모여 정해진 분량의 진도를 나간다. 적지 않은 분량이지만 모두들 열심히 읽어와 선배의 발제를 들은 후 토론을 한다. 이따금 허름한 술집에서 뒤풀이를 했고 누군가의 생일 케이크를 자르기도 했다. 참으로 이상하게도, 생일은 물어도 서로의 연락처는 묻지 않았다. 심지어 정확한 이름조차 모르는 사람도 많았는데 절반 이상이 본명을 사용하지 않기 때문이다.

세미나를 이끌어줄 최기진 선배 — 물론 가명이다 — 는 첫날이니 자기소개를 할 필요가 있다며 이 모임에 참여하게 된 동기를 밝히자고 했다.

"지금 시대에 맑스는 교양 아닌가요? 저는 교양 삼아 읽으러 나왔어요."

"저희 총학은 주사파인데 공부를 너무 안 시켜요. 계속 운동을 하려면 이렇게 무식해서는 안 된다는 생각에 왔습니다."

"철학 공부를 혼자서 쭉 해왔는데 그동안 관념론만 판 것 같아요. 유물론을 제대로 공부해 균형을 맞추고 싶습니다."

다들 청산유수다. 반쯤은 거리를 두는 심드렁한 태도지만 자신을 돋보이기 위한 어휘를 골라 말하는 것 같다. 차례가 오자 주영은 심사숙고 끝에 한마디만 했다.

"저는…… 맑스의 문장이 좋아서 왔어요."

이 무슨 '쁘띠' 같은 개소리란 말인가! '있어' 보이려다 가장 반동적인 동기를 고백하고 만 셈이다. 달리 보면 그 분위기에 가장 편승한 대답이기도 했다.

낯설고 긴장된 첫 모임은 알렉스 캘리니코스의 『맑스의 혁명적 사상』을 절반 정도 살펴보면서 시작했다. 이런 책을 두번 만에 끝낸다는 것에 주영은 압박감을 느꼈지만, 나경 언니와 미리 들춰본 덕분에 바보처럼 앉아 있지는 않았다. 이 책에서 주영이 가장 감동적으로 읽은 부분은 맑스가 『자본론』1권을 끝내고 엥겔스에게 편지를 보낸 대목이다.

이것이 가능했던 것은 오직 당신 덕분이었습니다. 나를 위한 당신의 자기희생이 아니었다면, 나는 결코 책 세권에 달하는 방대한 저작을 끝내지 못했을 것입니다. 꽉 찬 감사로 당신을 포옹합니다.

두장의 교정지를 동봉합니다.

15파운드는 매우 고맙게 받았습니다.

안녕, 내 사랑하는 친구여!

스무살의 주영은 이런 종류의 편지에 마음이 울컥했다. 서른살에도, 마흔살에도 마찬가지였다. 고흐가 동생 테오에게 보내는 편지, 미하일 조셴코가 첫 연금을 받고 문우에게 보내는 편지와 같이 가난한 자의 작은 기쁨이 넘치는 글은 언제나 주영의 마음을 강타한다. 아마도 그 액수는 크지 않을 테지만 받은 사람은 그 돈을 바탕으로 다음 작업을 꿈꾼다. 엥겔스가 맑스에게 보낸 돈이야말로 '자본론'이 나오는 데 필요한 최소 자본이 아닌가. 돈을 화폐, 자본, 임금으로 바꿔 부르기 시작한 주영에게 '15파운드' 같은 대목은 환산할 수 없는 금화처럼 빛났다.

"그나저나 맑스가 악필이라 취직을 못한 건 너무 재밌지 않아요?"

뒤풀이에서는 가벼운 대화들이 오갔다. 누군가 그 편지에 대해 언급하자 평생 맑스에게 헌신한 엥겔스에 대한 칭찬이 쏟아졌다. 그러자 '정상인'이라는 독특한 가명 ─ 본명일 리 없으니까 ─ 을 밝힌 사람이 포스트잇에 적어놓은 자기의 메모를 읽어주었다.

맑스의 생애에서 내 가슴을 울린 것은 위대한 책 한권이 나오기까지 맑스 가족이 겪은 일들이다. 그 가족은 찢어지게 가난했고, 어머니는 울면서 남은 아이들과 죽어버리기를 바랐고, 책과 냉소 속으로 도망친 무어인(가족이 붙인 별명)은 동굴 같은 서재에서 자욱한 담배 연기와 함께 나날이 불어나는 사상, 나날이 불어나는 참고문헌과 자신의 완벽주의와 싸우고 있었다. 엥겔스가 보내주는 몇 파운드가 없었다면 진작 사라지고 말았을 이들의 필사적인 인생을 들여다보고 있으면 『자본론』은 맑스 가족에서 마지막으로 태어난 아이처럼 여겨진다……

"와, 근사한데요."

주영은 솔직히 감탄했다. 다른 사람들도 마찬가지였다. 우정에 대한 말이 오가는 동안 분위기가 다소 감상적으로 변했다.

"그들이 말한 것은 혁명이지만 내가 본 것은 우정이에요."

"맞아요. 『자본론』은 우정의 결과물이에요."

"『자본론』을 쓰는 동안 맑스가 엥겔스한테 받은 돈, 그 책이 쓰이는 데 들어간 '자본'을 생각해보세요. 우정의 자본. 우정이 자본이 되는 주의. 우정의 자본주의가 있다면 얼마나 좋을까요."

'이곳에서 사람들은 책에 나오는 인물 같은 말투를 쓴다'라고 주영은 노트에 적었다. 그리고 '우정의 자본주의'라는 말을 꾹꾹 눌러쓴 다음 동그라미를 두개 쳤다. 기진 선배가 없는 자리에서 모임 사람들은 낭만적인 말들을 연극적인 어조로 떠들어댔다. 그중 대표자랄 수 있는 사람은 정상인이었다. 외모는 평범했지만 입만 열면 비정상적일 만큼 열광적으로 떠들어댔는데, 자신은 이상주의자라는 게 조금도 부끄럽지 않다면서 몇년 내로 '이상주의의 이상주의'를 찾기 위해서 유학을 떠날 예정이라고 했다. 우리는 '정상인 씨' '상인이 형'이라고 부르다가 그냥 선배라고 부르기로 했는데, 우리보다 나이가 꽤 많았기 때문이었다.

여기서 '우리'는 주영과 동갑인 선호를 말한다. 선호는 중고등학교 시절 내내 반장이었음에도 읽은 책이 너무 없어 부끄러워서 왔다고 했다. 모임 사람들 중 둘만 새내기였기 때문에 주영은 그와 쉽게 친해졌다. 그래서 맑스 원전을 사러 갈 때도 선호와 함께 갔다.

'오늘의 책'은 언제 가도 붐비지 않았지만 그렇다고 완전히 비어 있지도 않았다. 서너명이 넘는 손님들이 깊이 몰두한 표정으로 책을 들여다보고 있었다. 주영은 단호한 걸음걸이로 블라디미르 레닌의 『국가와 혁명』, 칼 뢰비트의 『헤겔에서 니체에로』, 그리고 대망의 『칼 맑스/프리드리히 엥겔스 저작선집 1권』을 골랐다. 계산대 앞에 의기양양하게 책들을 내려놓으면서 주영은 자신의 허세를 또렷이 인식했다. 허세의 끝은 책 포장에 있었다. 이 서점에서 책을 사면 손님의 요구에 따라 표지를 포장해주기도 하는데, 테이프 대신 '오늘의 책'이라고 인쇄된 스티커를 사용한다. 주영은 이걸 또 으쓱한 마음으로 내려다보고 있다. 그런 자신이 낯간지러웠지만 뿌듯한 마음까지는 어쩌지 못했다.

주영과 선호는 두꺼운 책을 품에 안고 카페에 들어갔다. 그러고는 엄숙하게 양장으로 된 표지를 넘겼다. 첫 페이지에는 맑스의 초상과 서명이, 두번째 페이지에는 엥겔스의 초상과 서명이 나왔다. 엥겔스의 기다란 수염을 들여다보며 주영은 글을 쓸 때마다 수염이 책상에 닿았을 거라고, 그래서 그 끝이 구부러져 있을 거라고 상상했다.

다음 페이지에는 쉽사리 넘길 수 없는 문장이 박혀 있었다.

우리의 영원한 벗 박종철 동지에게 이 책을 바칩니다.

스무살이란 가벼운 풍선 같은 것이어서 주영은 무거운 것에만 끌렸다. 두꺼운 책, 묵직한 개념, 무거운 문장들. 주영은 긴장감 속에서 납덩이 같은 그 무게를 간직했다.

방학이 되었다. 즉, 아르바이트가 시작되었다는 말이다.

주영은 압구정에 있는 백화점 이벤트 매장에서 와이셔츠를 팔았다. 아홉시간씩 서서 일하니 다리가 퉁퉁 부었지만 처음으로 노동자가 된 기분이었다. 드디어 이론과 생활이 따로 놀지 않는 거야. 판매대 밑에 쭈그려 앉아 종아리를 두드릴 때면 뜬금없이 '대립물의 통일과 투쟁' 이런 용어들이 떠올랐다. 의미가 없는데도 용기가 났다.

개장 준비를 서두르는 오전의 백화점은 전쟁터 같았다. 물건을 꺼내고 진열하느라 직원용 복도며 창고가 북새통이 된다. 세팅을 마치면 직원들은 전부 매장 앞에 나와 자세를 똑바로 하고 섰다. 다 같이 인사를 복창하고 마지막으로 도무지 이해할 수 없는 과정을 거쳐야 한다. 국민체조 음악이 나오고 모두 거기에 맞춰 체조를 해야 하는 것이다.

난감한 것은 표정이다. 국민체조니까 무슨 동작인지는 안다. 하지만 체조를 하면서 무슨 표정을 지어야 할까? 앞 매장 사람과 눈이 마주치기라도 하면 어색하기 짝이 없다. 결국 대체로 표정을 지우는 표정, 즉 무표정을 택하기 마련인데 모두가 무표정으로 국민체조를 하는 모습은 백화점 조명 아래 너무도 비현실적인 풍경을 만들어냈다. '시키니까 한다지만 이걸 왜 하는지 모르겠다'라는 뜻을 전달하기 위해 안간힘을 쓰는 무표정. 그럼에도 체조를 거부하는 사람은 한명도 없다. 층마다 담당자가 지켜보고 있기 때문이다.

'이것이 소외구나.'

순간 주영의 머리를 망치처럼 내리치는 두 글자가 있었다.

'우리는 하루 종일 이곳에 머물면서 상품을 판매하지만 백화점의 재화로부터 소외되어 있다. 우리의 인건비에 비해 상품의 가격은 터무니없이 비싸다. 명품 화장품 하나가 나의 한달 인건비와 맞먹는 일은 흔하다. 밤낮으로 일해봤자 내 임금으로는 이 백화점의 작은 물건도 선뜻 살 수 없다. 뿐만 아니라 관리자의 지시에 따라 부자연스러운 체조까지 해야 한다. 그러니까 우리는 이 상품들로부터, 이 공간으로부터 소외되어 있는 것이다……'

주영은 기쁜 나머지 하마터면 활짝 웃을 뻔했다. 드디어 개념으로만 존재했던 용어가 자신의 삶과 연결된 순간이었다. '소외'를 실감하며 두꺼운 철학책에서 소외되던 기분에서 탈출하다니, 아이러니한 일이다. 주영은 모임에 가서 이 이야기를 들려주는 자신의 모습을 떠올리며 두 팔을 쭉 뻗었다.

"세계는 이미 만들어져 있는 사물들의 복합체가 아닌 과정들의 복합체로 파악되어야만 하며 그런 맥락에서 겉보기에는 고정적인 사물들이라도 생성과 소멸이 이어지는 변화 한가운데에 있다는 것을......"

기진 선배의 목소리가 오늘따라 작게 들렸다. 늘상 틀어놓는 라디오에서는 이소라의 노래가 흘러나오고 있었다. 주영의 머릿속에는 맑스와 이소라가 뒤섞이다가 점점 줄어들고 그 자리에 다른 생각들이 흘러들었다. 순간 묘한 기시감이 느껴졌다. 모두가 몰두한 공기에서 슬쩍 빠져나오는 느낌, 생각의 수초가 흔들리며 다른 물길을 찾아가는 느낌. 이런 순간은 달콤했고 주영은 이 유혹에 저항해본 적이 없다. '허블의 법칙'을 배우던 열일곱 이후로.

고등학교 1학년 지구과학 시간이었다. 선생님의 단조로운 목소리와 따뜻한 봄날의 대기, 점심시간 직후인 5교시의 나른함이 합쳐진 어느 순간 주영은 문득 깨달았다. 반 아이들 전체가 졸고 어쩌면 선생님마저 반수면 상태에서 수업을 하고 있는 와중에 오직 자신만 또렷한 상태라는 것을. 창문 너머 만개한 목련이 눈에 들어왔는데 단단한 꽃잎은 한장도 떨어져 있지 않아 시간이 정지된 것처럼 보였다.

선생님은 칠판에 정비례 그래프를 그렸다. 거리와 속도에 관한 허블-슬라이퍼 도표. 그래프가 의미하는 바는 우주가 끝없이 팽창한다는 것이다. 지금 이 순간에도 나선형 은하들이 우리에게서 멀어지고 있다는 사실. 그 거대한 개념에 압도된 주영은 선분의 끝을 타고 자신의 존재를 교실 밖에서, 나라 밖에서, 지구 밖에서, 그러니까 우주에서 바라보게 되었다. 유체이탈과 같은 그 순간에 상상은 꿀처럼 농밀하게 흘러 일종의 명상적인 형태를 이루었다. 이 장소에 있으면서 다른 세계로 소속되는 느낌이 들 때마다 주영은 항상 허블의 법칙을 떠올린다.

"……이 대목을 어떻게 생각해?"

질문을 받고서야 퍼뜩 정신이 돌아왔다. 재빨리 고개를 들었지만 기진 선배의 질문이 무엇인지 알 수 없었다. 딴생각을 했다는 것을 감추기 위해 주영은 반사적으로 다른 질문을 던졌다.

"라디오 끄고 하면 안 돼요?"

그러자 모두들 책에서 눈을 떼고 주영을 물끄러미 바라보았다. 다들 알고 있는 사실을 그만 모른다는 듯이.

선배는 헛기침을 하더니 "소리가 좀 컸나? 줄여야겠다"라고 대답했다. 주영은 석연찮은 기분을 느끼면서도 오기를 부리듯 물러서지 않았다.

"우리는 왜 맨날 라디오를 틀어놓고 공부를 해요? 아무도 듣지 않는 라디오를 켜놓는 게 이상하잖아요."

"도청 때문에 그래."

기진 선배는 속삭이듯이, 거의 부끄럽다는 듯이 털어놓았다. 순간 외국어를 들은 것처럼 뜻을 곧바로 알아차릴 수 없었다. 도청이라고? 우리 같은 잔챙이를 누가 주목한단 말인가? 맑스에 관한 책이 금서에서 풀려난 것은 한참 전의 일이다. 기진 선배가 과대망상증 환자가 아닌가 싶을 만큼 주영은 어이가 없었다. 구성원들은 책이나 파고 있고 '앎'과 '함' 사이의 거리가 오억광년은 떨어져 있는 사람들이다. 비록 이 책의 표지가 선짓국처럼 빨갛다 해도 이곳에서 하는 일이라고는 책 읽고 토론하는 것밖에 없다. 그런데 이런 대화조차도 도청이 무서워 「싱글벙글쇼」를 틀어놓고 한다는 게 블랙코미디 아닌가.

"정말 이상하지 않아? 도청이라니."

모임이 끝난 후 주영은 버스를 타러 가면서 선호에게 이렇게 말했다. 선호는 "조심해서 나쁠 건 없지"라고 대답해서 주영이 코웃음을 치게 만들었다. 그러자 앞서가던 다른 선배가 한마디 거들었다.

"기진 선배는 두번이나 수감됐던 사람이야. 그러니까 몸에 밴 버릇이라고 봐야지."

"정말요? 선배는 그걸 어떻게 알아요?"

"소문이 그래. 익숙해져서 그런가 별로 거슬리지도 않던데. 오히려 라디오가 나오니까 강의실 공기가 캐주얼해지잖아."

'캐주얼 좋아하시네. 백화점에 틀어놓는 국민체조 음악만큼이나 부조리극 같다고요. 맑스 운운하면서 김건모나 녹색지대 노래를 듣는 게 얼마나 웃기는데요. 부자연스러운 건 말이죠, 수치스러운 거예요……' 주영은 이런 말을 속으로만 늘어놓았다. 두꺼운 책들에 중독되면 냉소적인 태도라는 부작용을 겪기 마련인데, 지금이 딱 그랬다. 주영은 다른 새들이 떨군 깃털을 주워 꽁지를 장식하는 풋내기였지만 자신의 시니컬함 또한 그 모임 특유의 말투라는 것을 깨닫지 못했다.

방학이 끝나고 가을이 익어갈 무렵 모임은 예기치 않게 깨어졌다. 기진 선배가 검거됐기 때문이다.

"우리 모임 때문에요? 그럴 리가 없는데."

나경 언니에게 이 소식을 들은 주영은 믿어지지가 않았다. 아직도 사상 때문에 잡혀가는 사람이 있다는 것과 그게 자기가 아는 사람이라는 사실에 충격을 받아 정신을 차릴 수가 없었다.

"그건 아니지만…… 그래도 당분간 조용히 지내."

"기진 선배는 어떤 사람이에요? 선배는 기진 선배를 어떻게 알았어요?"

"나도 그 선배에게 학습받은 적이 있어."

재차 물어보아도 언니는 자세히 말해주지 않고 입을 다물었다. 그래서 주영은 기진 선배의 정체를 알지 못한다. 모르기 때문에 신비화된 기진 선배는 운동권 고위층 이미지로 영원히 남아 있을 것이다.

몇주가 지나도록 아무 일도 일어나지 않자 주영은 안도감을 느꼈다. 그러자 격주마다 보던 사람들도, 라디오를 틀어놓고 하던 토론도, 연극조의 선문답 같던 뒤풀이도 더이상 만날 수 없다는 사실이 못내 아쉬웠다.

주영이 사회과학 공부를 재개한 것은 그해 11월, 노동자전진대회에서 정상인 선배를 만나면서부터다. 행렬의 바깥에 서 있다가 마주쳤는데, 주영이 반갑게 손을 흔들자 정선배는 선호도 근처에 있다면서 대오에서 찾아냈다. 수많은 깃발과 인파 한가운데서 이들을 우연히 만났다는 것이 주영에게는 기적처럼 느껴졌다. 헤어지기 전에 그들은 전화번호를 교환하고 만남을 약속했다.

"우리끼리라도 모임을 해볼까?"

셋이 만난 자리에서 정상인 선배가 이렇게 말했을 때 주영은 생각해보는 척했지만 자신이 응할 것임을 알고 있었다. 원전의 마지막 단원은 여전히 밑줄을 치지 않은 채 남아 있고, 그래서 그 책을 볼 때마다 미완성 원고를 보는 듯 찜찜했기 때문이다.

이제는 회기동에 있는 외대가 아니라 단국대다. 단국대가 아직 한남동에 남아 있던 시절이다. 평평한 외대와 달리 언덕이 높고 나무가 울창한 단국대 교정을 올라가면서 주영은 이 모임의 끝은 어디일까 떠올려보았다. 선호가 군대에 입대하면 끝일까? 시작의 날에 마지막 장면부터 헤아려보는 버릇은 나경 언니와의 세미나 때문이지만, 주영에게는 이후 바뀌지 않을 모종의 심리적 전통이 될 것이었다.

"신좌파의 상상력."

"네?"

"이 책으로 하자고. 맑스 원전 끝내고 우리, 68혁명 가자."

거두절미 본론으로 들어간 정선배가 책 한권을 내밀었다. 정확히 말하자면 여섯권 중에 맨 위에 있던 책을 내려놓은 것이다. 주영은 재빨리 나머지 책들을 훑어보았다. 트로츠키, 알튀세르, 그람시, 벤야민, 푸코의 이름이 눈에 들어온다. 선배의 어지러운 자취가 한눈에 들여다보이는 듯했다.

정상인 선배가 주도한 세미나는 이해한다기보다 오해하는 과정이었다고 요약할 수 있다. 선배의 스타일이 그랬다. 우선 많은 책을 사고 본다. 목차와 서문, 1~2장까지는 재빠르게 독파한다. 그러고 우물쭈물 눈뒤짐을 하다가 역자의 말을 대충 읽고 다른 책의 허들로 넘어갔다. 정선배는 국수를 먹을 때도 국물까지 다 마시는 법이 없는데, 독서 습관도 그와 비슷했다.

주영은 '세번째 세미나 선배'가 된 정상인 선배의 영향을 받아 새로운 재미를 터득했다. 얇고 넓게, 책의 요점보다 저자가 무심코 썼던 수사 여구에 더 많이 밑줄을 치면서 읽는 방식도 나름의 재미가 있었다. 그들은 빠른 속도로 책을 돌파해나가면서 주요 개념보다는 '염세의 가래침' '사변의 거미줄' 같은 말들을 음미했다. 노트에는 '○○의 ○○'으로 된 문구들이 넘쳐났지만 다시 들여다보면 무얼 공부했는지조차 아리송했다.

그럼에도 주영은 이주에 한번씩 단국대 언덕을 올라갔는데 캠퍼스 귀퉁이에 앉아 잡담을 하는 것이 좋았기 때문이다. 잡담은 잡담이되 책을 펼쳐놓고 한다는 것, 그 주의 텍스트를 하나 끼고 있다는 것 때문에 모임은 느슨하게나마 지속력이 있었다. 동아리 일에 바쁜 선호가 빠진 날에는 정선배와 둘이서만 만난 적도 있는데, 이성간에 그처럼 화학작용이 없기도 드물다 싶을 만큼 편했다. 어떤 의미에서 정선배는 나경 언니보다도 더 '언니' 같았다. 폭넓은 문화와 교양을 자랑하지만 한편으로 연예인 가십도 시시콜콜 꿰고 있는 선배는 주영과 수다 코드가 맞았다.

책 읽기 모임에는 새로운 사람들이 꾸준히 들고 났다. 모두 정상인 선배의 요설에 혹했다가 알맹이 없는 모임에 실망해 빠져나가고는 했다. 결국 붙어 있는 것은 주영과 선호뿐이었다. 그들은 선배 몰래 사귀는 중이었는데, 그렇다고 둘만 쏙 빠져나가는 것은 떳떳치 못한 것 같아 여전히 모임에는 충실했다.

함께하는 시간이 길어지면서 주영은 정선배의 진짜 재능이 다른데 있다는 것을 깨달았다. 본인 말로는 군사학을 배워 민중을 조직했어야 한다고 했지만 정선배가 가장 잘하는 것은 2차 술자리를 조직하는 일, 혹은 2차에서 3차로 이어지는 술자리에 구성원이 이탈하지 않도록 인도하는 일이다. 집으로 가려는 사람들을 호령하고 목에 팔을 걸어 기어이 술집 의자에 착석시키는 것도 재주라면 재주다. 영업사원이 회식자리에서 빛을 발할 수 있는 재주였는데, 선배가 원하는 진로는 따로 있었다.

"직업으로 원하는 것은 혁명적 사회주의자, 바로 그거지."

주영은 고개를 갸웃거렸다. 사회주의자가 될 만큼 그럭저럭 의식화됐다 쳐도 혁명은 어디서 하며 그걸 직업으로 한다고? 대학교 4학년으로 졸업을 몇달 앞둔 사람이 할 소리는 아닐 텐데?

"런던으로 유학 갈 거야. 트로츠키 공부하러."

한국의 사회주의는 스탈린주의 일색이라 한계를 느낀다며 정선배는 엄숙히 선언했다. 영국도 아니고 콕 집어 '런던'이라고 말한 것은 대영도서관을 염두에 둔 것이다. '유학'이라고 했지만 사실상 독학을 할 생각이고, 모델은 대영도서관 앞에서 노숙을 하며 스물네살의 나이에 『아웃사이더』를 쓴 콜린 윌슨이다. 맑스와 벤야민이 거쳐간 대영도서관에 앉아 자기만의 책을 쓰는 것이 정선배의 꿈이었다. 선배는 모든 종류의 독학자를 존경했고, 그들의 계보 없는 세계관을 숭배했다.

일년 넘게 지속된 모임에도 마침내 마지막 날이 왔다. 그날은 선배가 방을 빼는 날이었다. 주영과 선호가 가보니 투룸 밖으로 책 기둥 다섯개가 세워져 있었다. 선배는 그 외에 묶지 않은 책 더미를 가리키며 마음에 드는 건 뭐든 가져가라고 했다. 가구라고는 행어 하나, 책상 하나, 음료수 냉장고 하나가 전부였는데, 냉장고는 코드를 꽂지 않고 비디오테이프를 넣어놓는 용도로 사용했던 모양이었다.

용달차를 불러 선배의 고향집으로 책을 실어 보내고 짜장면과 탕수육으로 최후의 만찬을 했다. 좀 둔한 선호와 좀 예민한 주영은 각자의 방식으로 선배를 좋아했지만 작별의 말을 어떻게 건네야 할지 몰라 서먹했다.

맹렬하게 탕수육을 먹던 선배가 "아얏!" 하고 비명을 질렀다.

"뭐예요?"

"별거 아냐."

정선배는 고기 조각과 함께 빠진 이 하나를 뱉어냈다.

비쩍 마른 선배의 영양 상태를 생각하면 밥 먹다 이 빠지는 게 놀라운 일이 아닐지도 모른다. 그러나 빠진 이를 남방 주머니에 넣는 것을 보자 경악하지 않을 수 없었다. 당장 치과에 가야 한다고, 이가 얼마짜린 줄 아냐고 잔소리를 퍼부은 다음에야 선배는 우물쭈물 이를 휴지에 싸서 안경집에 넣었다.

선배는 빠진 이를 해 넣고 출국했을까? 그건 알 수 없다. 그러고 이십년이 지난 지금에서야 확인할 수 있게 된 것이다.

"이것 봐. 새 번역으로 이 책이 나왔네."

광화문 교보문고에서 만난 정선배는 어제 헤어진 사람처럼 스스럼이 없었다. 선배의 손에는 알렉스 캘리니코스의 『카를 맑스의 혁명적 사상』이 들려 있었다. 역자가 바뀌고, 표지가 바뀌고, 제목에 '카를'이 새로 들어갔지만 여전히 이 책이 서점에 꽂혀 있다는 사실에 주영은 약간 감동했다. 아직도 생명력을 지닌 채 신작 코너에 올라와 있는 이 책을 본 것이 정선배와 재회한 것만큼이나 반갑게 여겨졌다.

첫마디는 자연스러웠는데 그다음부터는 그렇지 못했다. 두 사람은 선호가 도착할 때까지 뻣뻣한 태도로 이미 알고 있는 안부를 나넜다. 편집자로 경력을 쌓아온 주영은 함께 일한 디자이너와 독립해 작은 기획사를 차렸고, 정상인 선배는 모교에서 시간강사로 일하고 있다.

"일주일에 몇시간 강의해요?"

"두시간."

두시간 강의하러 천안에서 서울까지 왔다 갔다 하는데 교통비도 안 되는 것 같아 그만둘 생각이라고 했다. 선호가 헐레벌떡 뛰어와 세 사람은 교보문고를 나섰다.

종로 뒷골목에서 막걸리로 목을 축이자 비로소 숨통이 트였다. 파전에 막걸리 두 주전자를 비우고 나서 정선배는 고백조로 말했다.

"사실 한국에 들어온 거 이년쯤 된다. 그간 정신이 없어서, 아니 용기가 없어서 연락을 못했지."

정선배는 털어놓고 나니 후련하다는 듯이 인상을 폈다.

선배는 이십년 세월을 뭉뚱그리면서 '영국 시절'을 자세히 언급하지는 않았다. 당연히 영어로 공부하는 데 애를 먹었고, 한국 유학생들과 이런저런 모임을 만들었다 부수고, 이따금 시티투어 알바를 하면서 그럭저럭 지내왔다는 정도였다. 학위에는 욕심이 없어 석사만 겨우 마쳤고 그다음부터는 도서관에 파묻혔지만 생각보다 손에 쥔 것 없이 세월만 빨리 흘러가버렸다고 했다. 밝지 않은 선배의 표정을 보니 더 자세히 묻기는 어려웠다.

처음에는 대학 시절의 추억을 안주 삼아 술잔을 기울였다. 그러다가 신문 한토막이 말밥에 오르고, 한국사회의 고질적 병폐가 어쩌구 하면서 예전 같으면 정세 분석이라고 불렀을 시사 관련 뉴스로 주제를 갈아탔다. 대화는 점점 확대되어 멕시코 국경에 진을 치고 있는 중남미 캐러밴, '외로운 늑대'라고 불리는 살인자들, ISIS와 테러, 트럼프와 김정은에 대한 중구난방식 토론에 이르렀고 선배의 열광적인 논평이 이어졌다.

이윽고 거대한 주제를 한바탕 돌아보고 난 뒤의 허망함이 그들을 엄습했다. 너무 큰 주제를 떠들고 난 다음에 오는 이상한 공복감 같은 것으로, 대화가 끊어지는 마지막 정거장이기도 했다. 세계는 변함없이 대학살의 아수라장이고 우파 파시스트들은 여전히 기세등등하고 변혁의 움직임은 줄어들거나 소멸 직전인데, 그 말을 떠들고 있는 자신의 존재가 너무 축소되어 있음을 발견할 때의 침묵. 대학 시절부터 그들은 종종 이런 식의 침묵에 잠기곤 했다. 청년기에는 미래에 대한 말들로 이 침묵이 깨어졌지만 소시민이 된 중년에는 달리 할 말이 없었다.

주영은 막걸리를 저으면서 가라앉은 분위기를 바꿀 만한 다른 화제가 없을까 머릿속을 뒤졌다.

"선배, 어렸을 때 보던 『소년중앙』이라는 잡지 생각나요? 기사 때문에 다시 볼 일이 생겼는데 거기에 '21세기가 되면 변하는 우리의 생활상' 이런 특집이 있더라고요. 정말 신기한 것이 거기에 언급된 신기술이 대부분 현실이 됐어요. 달 왕복선 같은 것은 나오지 않았지만 영상통화 전화기라든가, 워킹보드라든가, 입는 컴퓨터라든가, 아무튼 현실이 된 게 훨씬 많았어요. 보고 있으니까 기분이……

영 이상한 거예요. 그 잡지를 보던 꼬마 입장에서 보면 내가 바로 미래인인데, 막상 미래에 와보니 그리 신세계는 아니니까요."

선호는 말 줄기를 다른 데로 돌렸다.

"주영이 말 들으니까 신자유주의 생각이 나네요. 선배가 제본 떠와서 같이 봤던 인문대 학술세미나 자료집 기억해요? 거기서 예측된 것들이 거의 다, 아니 그 이상으로 실현됐잖아요. 2008년에 서브프라임 모기지 사태가 나고, 대형 금융사들이 망해 나자빠지고, 기업은 줄도산을 하고 양극화된 세상은 장기불황에 빠지고…… 그때 20대 80의 사회 운운했는데 10대 90보다 더한 세상이 됐죠. 우리가 공부한 대로의 세상이 왔잖아요. 다 책대로 됐는데, 혁명만 오지 않았어요."

"달 왕복선처럼. 그렇지?"

선배는 속삭이듯이, 거의 부끄럽다는 듯이 말했다. 그 어조가 들어본 듯하여 주영은 기억을 더듬었다. '도청 때문에 그래.' 문득 기진 선배가 떠올랐다. 맥락은 달랐지만 이상하리만큼 비슷하게 들리는 목소리. 취기 탓인지 세미나를 하던 강의실로 돌아간 기분이 들었다. 이 술집에서도 라디오를 틀어놓았기 때문일까.

"난 맑시즘 강의를 다시 듣고 있어, 철학 아카데미에서. 좁은 강의실에 삼십명쯤 꽉 들어차더라. 그런데 사람들 모습이…… 어쩌면 그렇게 여기 올 사람들처럼 생겼는지 말이야."

"'여기 올 사람들'이 뭔데요?"

"조금 촌스럽고, 조금 고색창연하고, 책과 가깝게 생긴 얼굴들이지 뭐. 늙은 맑스주의자들은 거기 다 모인 것 같더라. 처음에는 많다고 생각했는데 한편으로 그게 전부 다일 것 같기도 했어."

선배는 여전히 그런 데를 다니는구나. 주영은 생각했다. 그러면서 선배의 이야기에 귀를 기울였다. 다들 주식 얘기 안 하고 부동산 얘기 안 해도 되는 게 숨통이 트인다고, 그렇게 말한다고 했다. 특이하게도 스님이 한명 있는데 수강생 중 나이가 가장 어리다고 했다.

"근데 두번 듣고 더이상 나갈 수 없게 되었어."

"왜요?"

정선배는 대답 없이 웃기만 했다. 잇몸이 드러나는 미소를 보자 오래전 자취방에서 밥 먹다가 빠진 이가 생각났다. 쓸데없는 것들만 떠오르는 걸 보니 우리도 늙었구나 싶었다. 미래에 와 있는데, 고작 맑스 책 한권 읽으면서 도청 운운하던 시절에서 훌쩍 떠나왔는데, 그 시절의 지식들은 무해한 것으로 변해 인류가 한때 꾸던 꿈이나 아이디어 정도로 취급받고 있는데, 여전히 등받이 없는 술집 의자에 앉아 있는 그들만 그대로인 것 같았다.

"선배는 참 그대로네요."

선호가 불쑥 씹어뱉듯이 말했다.

"여전히 맑스 얘기나 하고. 그게 선배의 '정상적인' 상태겠죠."

시비 거는 기색이 분명해서 주영은 깜짝 놀랐다. 선호는 작심한 듯 속내를 쏟아냈다.

"평생 포즈로만 맑스주의자로 살면 뭐해요? 부모님 돈으로 유학 갔다가 여태 직업 한번 갖지 않고 살면서 뭐 그리 세상에 불만이 많아요? 선배가 대영도서관을 산책할 때, 맑스-피터 팬이 되어 네 버랜드에서 날아다니고 있을 때, 난 졸업하고 취직하고 학자금 갚고 결혼하고 이혼하고 대출받고 빚 갚으면서 바쁘게 지냈어요. 선배한테 메일을 받으면 부럽다는 생각밖에 들지 않았죠. 나도 이 나라 뜨고 싶었어요. 아니, 이 세상을 뜨고 싶던 적도 많았어요. 이십 년 만에 나타나 대학 때와 비슷한 말만 지껄이는 걸 보니 되게 좋아 보이네요."

선호는 공공연하게 화를 내고 있었다. 실패한 결혼생활에서 체득한 분노를 엉뚱하게도 선배한테 터뜨리고 있었다. 주영은 그가 화를 내는 대상이 녹록지 않은 자기 인생 자체라는 것을 잘 알고 있었다.

그래서 말리려고 했다. 그런데, 이상하게도 입이 떨어지지 않았다. 선호가 하는 말의 대부분이 주영이 하고 싶던 말이기도 했으니까. 선배가 트로츠키에 반한 것은 '영구혁명론' 때문이었다. 하지만 영구적인 것은 선배의 관념뿐이 아닌가. 관념의 온실 속에서 늙지 않는 피터 팬, 그러나 웬디도 마이클도 존도 네버랜드를 떠나 어른이 된 지 오래였다.

정상인 선배는 당황한 기색이 역력했다. 그 순간 얼마나 통쾌했던가. 그게 왜 통쾌했던가. 우리가 부러워한 것은 피터 팬일 수 있는 그의 계급, 철들지 않고 생존에 내몰리지도 않은 채 혁명을 말할 수 있는 계급 자체가 아니었나 싶다. 그의 초록색 나뭇잎 옷을 폭로한다고 우리가 나아질 것도 없는데 말이다.

"죄송해요."

선호가 느닷없이 울음을 터뜨렸다. 자기 삶의 울분을 엉뚱한 데 부려놓고 뒤늦게 잘못을 인지한 것이다.

"사는 게 힘들었나봐요. 괜히 선배한테 화풀이를 한 거예요."

고개를 푹 숙이고 선호는 힘없이 감정의 마개를 막았다. 그러나 엎질러진 물을 주워 담을 수는 없는 노릇이다.

"틀린 말도 아닌데 뭘. 그런 말 여러번 들었다. 내 꼴이 그냥 봐도 우습고, 진짜 맑스주의자가 봐도 한심할 거라는 건 잘 알고 있어."

정선배는 무력하게, 거의 비겁해 보일 만큼 담담하게 비난을 받아들였다. 그 담담함은 쓰라린 사교술처럼 보였는데, 이런 비난에 이미 단련될 대로 단련되어 가능해진 태도 같았다.

"오늘 만나자고 한 것은 네가 말한 것과도 관련이 있어. 온실이 박살나서 할 수 없이 세상으로 나왔다는 소리야. 아버지가 돌아가셨다. 그래서 한국에 온 거고."

개인사는 말하지 않던 선배가 쓸쓸하게 털어놓았다. 젊은 시절 이상주의를 좇다가 철이 들면 부모님의 가게를 물려받는 수순으로 흘러가는 평범한 이야기. 선배가 뜬구름 잡는 동안 비용을 대주던 너그러운 부모도 늙는다. 그게 보이는 순간 현실로 돌아왔어야 했는데 너무 늦고 말았다. 영국에서 모은 돈을 탈탈 털어보니 돌침대 하나 살 정도가 되더라고, 어머니를 위해 돌침대 하나 사들고 천안으로 영영 내려갔다는 말이 이어졌다.

"부탁할 것이 있어서 만나자고 했어. 이것도 어리석은 짓이겠만……"

정선배는 가방에서 한 뭉치의 서류 봉투를 꺼냈다. 예감이 맞아간다는 생각이 들어 주영은 다급히 손을 내저었다.

"저는 출판사가 아니라 기획사를 하는 건데요. 사보 같은 거 만드는 작은 회사예요."

소용이 없었다. 선배는 제작에 드는 비용은 따로 보내겠다며 천 부씩만 찍어달라고 했다. 사실상 자비 출판인데, 그래도 네가 제작이며 유통 과정은 나보다 잘 알지 않겠느냐며 이십년 세월을 정리하는 형식이 자기에게는 꼭 필요하다고 했다.

맑스 탄생 200주년의 날에, 주영은 그렇게 한 꾸러미의 원고를 받아 왔다.

사무실에 앉아 선배가 맡긴 서류 봉투를 열어보니 세뭉치가 나온다. 초벌 번역을 마친 역서 하나, 혁명가들의 메모 모음집 하나(트로츠키 유서를 인용해 '인생은 아름다워'라는 가제를 달아놓았다), 자전적인 내용일 게 분명한 중편소설 하나. 이렇게 세권이다.

원고 더미를 보자 주영은 "오늘부로 깃발 내린다. 네가 우리 캠마지막이야"라는 나경 언니의 목소리가 떠올랐다. 이제 캠도 없고 혁명도 없고 레이지 어게인스트 더 머신도 앨범을 내지 않고 정상인 선배는 상인이 되어버린 세상에서, 주영은 또다시 바통을 물려받은 기분이 들었다.

그러자 두꺼운 책들이 읽고 싶어졌다. 두꺼운 책이 불러일으키는 감정들, 지식이 아닌 감정들. 그 감각을 느껴보고 싶었다. 두레, 풀잎, 동녘, 새날, 책갈피, 새물결, 이후…… 그런 출판사에서 오래전에 펴냈던 책들을 넘겨보고 싶었다. 지금 이 순간에도 나선형 은하는 맹렬한 속도로 우리에게서 멀어지고 있을 것이다. 맑스와 엥겔스, 바쿠닌과 크로포트킨, 그 외 전 세기의 혁명가들을 바리케이트에 싣고 저 멀리 블랙홀을 향해 빨려들어갈 것이다. 그로부터 일년 뒤, 인류는 지구만 한 전파망원경으로 최초의 블랙홀 사진을 찍게 될 것이지만 주영은 아직 그 미래에는 도착하지 않았다.

밖에서 시위대의 노래와 함성이 들려왔다. 대학로에 있는 사무실에서 종종 듣던 소리지만 정선배의 원고를 보는 도중이라 그런지 여느 때와는 다르게 느껴졌다. 생각의 수초가 흔들리면서 주영은 저 함성 속에 들어 있는 다른 시위대의 모습을, 각자의 은하로 떠나는 시위대의 모습을 떠올려보았다. 주영은 가장 먼 미래로 날아가 그들을 바라보고 싶다는 생각을 했다가, 아무도 도청할 리 없는 이 마음을 누군가에게 들킬 것만 같아 자리에서 벌떡 일어났다.

'햇빛 때문이야.'

달아오른 볼을 누르며 주영은 창문가로 갔다. 어느새 시위대 행렬은 사라지고 없었다. 주영은 시위대가 떠난 아스팔트 끝자락을 타월처럼 돌돌 말아 쥐는 상상을 하다가, 이런 상상도 참 오랜만이라는 생각을 하다가, 머리를 흔들고 블라인드를 반쯤 내렸다.

알맞은 그늘 속에서 주영은 '이상주의의 이상주의'를 좇던 정상인 선배의 원고를 천천히 읽어나가기 시작했다.

나무추격자

돈
사파테로의

모험

돈 사파테로는 탑들의 도시 산 지미냐노에서 첫 울음을 터트렸다.

인간은 첫 숨결을 들이마신 고장의 기운에 지배되기 마련이라는 이론에 따르면, 사파테로의 내성적인 성품과 이상주의적 경향은 이 탑들에서 비롯됐을 것이다. 중세 시절 이곳의 호전적인 귀족은 가문의 위용을 뽐내기 위해 굴뚝 모양의 탑을 세웠다. 전쟁으로 대부분이 부서진 지금은 열여섯개만 남아 있는데 가장 높은 탑 아래 그가 태어난 집이 있다.

돈 사파테로는 높은 탑과 수명이 긴 늙은이들 사이에서 고독한 성장기를 보냈다. 그 때문에 부모가 살아 있던 아홉살까지만 진정한 유년 시절이라고 생각했다. 매정한 친척들이 괴롭힐 때마다 고아 소년은 재빨리 유년으로 달아나 기억이라는 사탕을 빨아 먹었다. 단물이 빠지지 않도록 기억을 반복해 되뇌는 것이 삶의 중요한 의례였다.

그는 자라는 동안, 자라지 않기 위해 최선을 다했다. 고향을 떠날 때도 마찬가지였다. 키가 크고 목소리가 굵어지고 저절로 포경이 되는 동안에도 탑 아래 우수 어린 꼬마는 여전히 그대로였다. 연애도 섹스도 없었다. 유년에 그런 것은 존재하지 않았으니 '없는 상태'를 유지해야 했다.

대학에서 그는 잘 알려지지 않은 근동아시아의 언어를 전공했는데 성적이 뛰어났다. 로마 전역을 마비시킨 총 파업의 날, 두시간을 걸어와 혼자 수업에 참여한 사파테로를 본 학장은 다른 교수에게 그를 뺏기지 않도록 각별히 신경 썼다. 사파테로는 학문을 위해 태어난 사람이었고 스승의 업적이 될 제자였다. 게다가 야망이 많은 학장의 변덕스러운 아이디어를 군말 없이 실행하는 유일한 석사생이기도 했다.

일찌감치 모교에 자리 잡은 사파테로는 마당이 딸린 셋집을 빌려 책으로 가득 채웠다. 모든 것이 순조로웠다. 마조레 성당 앞에서 메리 루를 만나기 전까지는.

"불 좀 빌려주시겠어요?"

메리 루는 키가 크고 어깨가 넓고 입술이 붉은 아가씨였다. 담배를 피우면서 두 사람은 테르미니역까지 함께 걸었다. 이틀 후 영화관 안에서 손을 잡았고 주말이 끝나기 전에 침대를 함께 쓰는 사이가 됐다.

메리 루는 로마에서 얻은 첫번째 일자리를 잃고 약간 상심한 터였다. 그러나 '상심'만큼 그녀에게 어울리지 않는 단어는 없었다. 포동포동한 두 팔을 쭉 뻗어 기지개를 켠 그녀는 자신이 할 일을 즉각 찾아냈다.

돈 사파테로에게 인간다움이란 책 속의 중요한 문장을 음미하는 순간 같은 것이었다. 반면 메리 루에게 인간다움이란 쾌적한 공간에서 즐거운 시간을 보내는 것이었다. 그녀는 자신의 철학을 행동으로 펼쳐 보였다. 쓸고 닦고 가구의 제자리를 잡아주며 돈 사파테로의 집에서 무질서와 더러움을 몰아냈다.

메리 루는 어중간하게 놓여 있던 책상을 창문가로 붙이고 벽과 책상이 만나는 자리에 늘어진 책들을 착착 세워놓더니 침구를 모조리 거둬 빨래통에 집어넣었다. 잠시 후 창문 너머 메리가 널어놓은 빨래들이 바람에 나부끼는 것이 보였다. 사파테로에게 하얀 빨래들은 새로운 인생을 알리는 깃발처럼 보였다. 냉장고를 뒤져 먹음직스러운 파스타를 만들어온 메리 루는 김이 모락모락 나는 접시 위에 마당에서 뜯어온 바질을 뿌렸다. 사파테로가 식사를 하는 동안 등 뒤로는 유년이 작별을 고하고 있었다. 메리 루가 실내만 정돈한 게 아니라 사파테로의 먼지 나는 쿠션 모양의 심장을 팡팡 털어 두근거리게 만들었기 때문이다.

그녀는 어른의 모든 도락을 열어 보였다. 미식, 알몸 수영, 귀가 떨어져나갈 만큼 음악을 크게 틀어놓고 춤추기, 침대에서 뒹굴며 보내는 주말 같은 것은 탑 아래 소년으로서는 꿈도 꾸지 못한 것들 이었다. 그가 서툴다는 것은 문제가 되지 않았다. 메리 루는 어떤 장면에도 간을 맞출 줄 아는 훌륭한 요리사였기 때문이다.

슬픔을 사랑하는 나쁜 습성 때문에 사파테로는 번번이 순간순간을 망쳐버리곤 한다. 가슴이 벅찰 때마다 그는 이렇게 중얼거렸다.

'그녀가 하루아침에 떠난다 해도…… 난 원망조차 할 수 없을 거야.'

선의라고는 받아본 적 없는 사람이 친절한 이를 만나면 의심의 눈초리부터 보내듯 그는 일부러 불안을 만들어 행복과의 거리를 유지했다. 불쌍한 사파테로는 알지 못했다. 이렇게 운명을 의심하면 운명 쪽에서도 호의를 거둬버린다는 것을. 행복의 파도가 발목에 감겨오는 드문 순간에는 그대로 젖어들어가야 한다. 해변에는 황금빛 모래도 없고 현실이라는 쓰레기만 나뒹굴기 때문이다.

메리 루가 급성신장괴혈증 진단을 받은 것은 불과 두달 전이었다. 두달 만에 그녀는 안락한 왕국을 떠나 그들이 처음 만난 마조레 성당에서 장례미사를 올린 후 땅속으로 돌아갔다. 작별 인사도 제대로 하지 못한 이별이었다.

입관이 끝날 무렵부터 가랑비가 소리 없이 내리기 시작했다. 사파테로는 가랑비처럼 조용한 슬픔에 젖어들었다. 차분하고, 어찌 보면 평화로운 슬픔이었다. 그것은 '벌어질 일은 다 벌어졌다'는 체념에서 오는 안정감이기도 했다. 사파테로는 울 줄 모르는 남자였고 매정한 친척들이 눈물샘을 봉해버렸기 때문에 조용히 비를 맞으며 집으로 돌아갔다. 다시 혼자가 된 것이다. 이 상태가 주는 안정감은 언제나 자신이 혼자였다는 인식 때문일 것이다. 혼자라는 것은 '원래의 상태'를 의미했으니까.

메리 루와 함께한 삼년 동안 그는 행복을 잃어버릴까봐 늘 의심하고 불안해했다. 여자가 주는 안락함과 성적인 만족, 이런 것은 그가 알고 있는 안정감과는 거리가 멀었다. 메리의 죽음으로 인해 그는 질서로 회귀했다. 그러나 죽은 아내가 그의 심장을 다시 작동시켜놓았기에 일상이 전과 같을 수 없었다.

그는 학교 일을 그만두고 집에 틀어박혔다. 아내가 죽었다고 해서 사랑이라는 감정을 애도로 바꿀 생각은 전혀 없었다. 일찍이 유년기를 박제했듯 이번에는 사랑을 박제할 차례일 뿐이다. 슬픔을 사랑하는 나쁜 버릇이 이번에도 주도권을 차지했다. 덧문이 내려진 작은 집은 죽은 자를 위한 음산한 예배당처럼 변했다.

고통으로 헐떡이는 밤이 올 때마다 그는 괴로운 심장을 눌러놓을 묵직한 벽돌을 찾아 서가를 서성거렸다. 마침내 뽑아 든 두툼한 책은 그가 전공한 한국어 사전이었다.

이따금 죄수에게 사식을 넣어주듯 학장은 스스로 수인이 된 사파테로에게 일거리를 보냈다. 전도유망한 제자를 잃은 학장은 이런 식으로 보상을 받았다. 자신의 이름으로 번역 출판되는, 사파테로의 매끈한 한국어 문장이 실린 논문과 문학작품들이었다.

그 일은 '고소하다'라는 단어를 만나면서 시작되었다.

중년을 넘어선 사파테로는 어느덧 이탈리아에서 가장 중요한 한국어 번역자로 손꼽혔다. 그럼에도 번역 일을 하다보면 좌절감을 느낄 수밖에 없는 순간이 있는데 특히 맛과 색에 관한 단어들이 까다로웠다. '고소하다'라는 말 또한 그랬다. '볶은 깨에서 나는 맛' 같은 사전적 의미는 직역으로도 사용할 수 없는 것이, 이탈리아 사람들은 깨를 먹지 않았다. 깨라고는 햄버거 빵에 붙은 깨밖에 본 적이 없는 것이다. 이걸 어쩌지 하는 생각에 잠겨 있는데 느닷없이 메리 루의 음성이 들려왔다.

"그거 알아? 햄버거 빵에 붙은 깨들은 전부 가짜라는 거."

그들이 패스트푸드점에서 데이트를 한 것은 딱 한번뿐이었다. 그날따라 아내는 밑도 끝도 없이 "미국은 싫지만 빅맥은 맛있어"라고 말한 후 사파테로를 맥도날드 매장으로 이끌었다. 주문한 버거를 먹으면서 아내는 빵에 붙은 깨들이 공장에서 만들어낸 가짜 식품이라고 말해주었다. "도대체 왜?"라고 그가 묻자 엉뚱한 답이 돌아왔다.

"먹음직스럽게 보이라고 그랬겠지. 아니면 손에서 미끄러지지 말라고 그랬나?"

"말도 안 돼! 그런 어처구니없는 소리는 들은 적이 없어."

"정 의심스러우면 이 깨를 심어보든가. 근데 거기서 나무가 막 자라고 그러는 거 아냐? 하하하!"

참으로 이상한 일이었다. 메리 루가 죽은 지 십여년. 그의 이름을 달고 나온 책은 수권. 아무리 애를 써도 대부분의 대화는 날아가버렸다. 물론 내용은 기억하고 있다. 그러나 내용만 박제되었을 뿐 목소리, 눈빛, 제스처, 웃음같이 더 중요한 요소는 증발해버렸다. 그런데 쓸모없는 농담이 느닷없이 떠올라 그녀의 목소리를 되돌려준 것이다.

사파테로는 시내에 나가 햄버거를 사왔다. 그러고는 빵에 붙은 깨를 떼어내 자세히 들여다보았다. 조금 크고 부자연스럽게 보이기는 했다. 노트북을 켜서 검색을 했더니 아내의 말은 역시 농담이었다. 가짜처럼 보이는 커다란 깨는 흰 깨일 뿐이었다.

슬픔이 통증으로 변할 기미가 느껴지자 그는 재빨리 한국어 사전을 펼쳤다. '깨가 쏟아지다'라는 문장 아래 '신혼생활의 즐거움을 표현하는 말'이라는 설명이 붙어 있었다. 오래전 그에게도 고소한 시절이 있었는데…… 눈가가 뜨거워졌다. 그는 마당으로 나가 흙 속에 깨들을 하나씩 밀어넣었다. 농담을 실험해보는 싱거운 사람처럼.

나무는 어른 팔뚝만 한 몸피에 좌우로 갈라진 가지와 어린애 손바닥만 한 이파리를 달고 있었다. 그는 창문을 가로지르는 나뭇가지를 한참 바라보았다.

'설마……'

웃음이 나왔다. 순간 '깨에서 자란 것이 아닌가?'라는 생각이 스쳤는데 너무나 어이가 없었기 때문이다. 쓸데없는 생각을 하기에는 밀린 작업이 많다. 마시다 남은 커피를 개수대에 부어버리고 그는 마감의 책상으로 돌아갔다.

널찍한 책상 위에는 일이라는 소나기가 퍼붓고 있었다. 한국어와 이탈리아어처럼 거리가 먼 언어 사이에서는, 더구나 문학작품을 번역하기 위해서는 용기와 낙관이 필요하다. 문장을 완전히 해체하고 새로 쓰다시피 구조와 단어를 바꾸어버려도 저자의 의중에 가까운 글을 만들 수 있다고 믿어야만 앞으로 나아갈 수 있는 것이다. 영혼은 그대로이되 겉모습은 전혀 다른 이탈리아어 문장을 만들기 위해 그는 맹렬하게 일에 매달렸다.

몇시간 후 기지개를 켜던 사파테로는 나무의 한쪽이 책상 쪽으로 살짝 굽어 있는 것을 발견했다. 사파테로가 무슨 일을 하는지 궁금해 들여다보기라도 하듯.

'말도 안 되는 생각이지?'

그는 책상에 놓인 메리 루의 사진을 들여다보며 속으로 말을 걸었다. 충동적으로 아내의 사진들을 불살라버린 후 유일하게 남아 있는 것이다. 독실한 신자가 매 순간 신을 찾듯 그는 죽은 아내에게만 자기 안에서 흘러나오는 말을 들려주었다. 사진 속 아내와 대화하는 버릇 때문에 밀라노에 있는 출판사에 다녀올 때는 액자째 가방에 넣어 가지고 갈 정도였다.

팡!

어디선가 샴페인 마개를 따는 듯한 소리가 들려왔다.

그는 소리의 진원지를 찾다가 나뭇가지 안쪽에 앉아 있는 작은 새를 발견했다. 연두색 깃털에 노란 부리를 가진 작은 새. 깃털 때문에 얼핏 보면 또 한장의 나뭇잎 같았다. 그가 쳐다보는 동안 야구공만 한 작은 새는 소리를 낸 것이 자신이라는 듯이 한번 더 "팡!" 하고 울었다.

그날 이후 그 새는 사파테로의 작업에 적잖은 도움을 주었다. 어려운 작업에서 도망가고 싶을 때, 아예 책상에 앉지 않고 어슬렁거릴 때 새는 주위를 환기시켜주듯 팡! 하고 울었다. 그 소리에 깜짝 놀라 시계를 보면 '일할 시간입니다'라고 말하는 듯이 시곗바늘이 째깍거리고 있었다.

그는 이 새를 메리 루의 영혼이라고 믿었다. 날개가 작은 건 그에게서 멀리 떨어진 곳으로 날아가지 않기 위해서라고 해석했다. 이런 생각을 들려주었더니 사진 속 아내는 변함없이 미소를 짓고 있었다.

사파테로는 석연찮은 기분으로 눈을 떴다. 책상에 엎드린 채 깜박 잠이 들었다가 무언가 허전한 느낌에 깨어난 것이다. 커피를 만들어 한모금 마신 다음에야 마침내 원인을 깨달았다.

"새소리가 들리지 않아."

그러나 사라진 것은 새뿐만이 아니었다.

멀쩡히 서 있던 나무가 보이지 않는 것이다. 창을 열고 내려다보니 나무가 있던 자리에는 흙구덩이가 뻥 뚫려 있었다.

'무슨 일이지, 여보?'

사파테로는 습관처럼 죽은 아내에게 말을 걸었다. 그런데 아내가 보이지 않았다. 사진이 든 액자 또한 사라져버렸기 때문이다. 단한장밖에 없는 아내의 사진, 가장 소중한 보물이 사라졌다.

'사진이 어디로 간 거지?'

사파테로는 다급히 책상 주위와 밑을 살펴보았으나 액자는 어디에도 없었다. 그때 멀지 않은 곳에서 익숙한 새소리가 들려왔다. 부지불식간에 소리 나는 쪽으로 달려간 그의 눈앞에 보지 않았다면 믿을 수 없는 풍경이 펼쳐지고 있었다.

땅에서 뽑혀 나온 나무가 휘청휘청 움직이고 있던 것이다. 나뭇가지 한쪽에는 사진 액자가 걸려 있었다. 아내의 사진을 훔친 나무가 달아나고 있었다.

나무의 걸음걸이는 실로 가관이었다. 오랫동안 자리보전한 환자가 처음 걷는 것처럼 뻣뻣하게 걷다 기우뚱거리더니 갈지자로 헤집고 다녔다. 용케 쓰러지지는 않았는데 양팔처럼 벌어진 두개의 가지 덕분에 균형을 잡고 있는 것 같았다.

보기보다 속도가 빠른 나무의 뒤를 쫓아 이웃 마을에 도착한 때는 새벽 세시였다. 그사이 사파테로는 네번이나 가지 끝에 손이 닿았다. 그러나 손가락 사이로 빠져나가는 모래처럼 나무는 나뭇잎 몇개만 떨어뜨린 채 재빨리 달아났다.

"사진 내놔, 이 도둑놈아!"

사파테로는 목청껏 외쳤고 나무는 더 빨리 달아났다. 숨이 턱까지 찬 사파테로는 광장 분수대에 걸터앉아 얼굴과 목을 씻었다. 뿌리째 달아나는 나무와 그 뒤를 쫓는 남자, 이 기묘한 장면을 초승달만이 지켜본다는 것은 너무도 기이한 일이다. 땀이 식으며 정신이 돌아온 사파테로는 중얼거렸다.

'유령 나무가 메리 루의 사진을 가지고 사라졌어. 견딜 수 없는 일이지. 하지만 사진을 되찾으면 뭐 해? 그녀는 이미 세상에 없어! 죽은 자에게 날마다 말을 걸었더니 이런 일이 벌어진 거야. 모든 것이 우울증이 만들어낸 악령이나 다름없어."

사파테로는 자신을 관리하던 버릇을 발동해 스스로를 꾸짖었다. 이 우스꽝스러운 꼬락서니를 들키기 전에 집으로 돌아가야겠다고 다짐했지만 꾸벅꾸벅 졸다가 잠이 들고 말았다.

눈앞에 아내의 사진이 어른거렸다.

그는 자기도 모르게 손을 뻗었다. 손끝에 액자가 닿자 나뭇잎이 살짝 물러났다. 왈츠를 추는 아가씨가 다음 스텝을 밟기 위해 파트너의 손을 살짝 놓듯이. 사파테로는 눈을 비비고 사진을 집으려 했다. 나무가 한걸음 뒤로 물러났다.

그는 벌떡 일어나 상황을 파악했다. 문제의 나무가 앞에 서서 따가운 볕을 가려주고 있던 것이다. 참으로 태연자약하고 뻔뻔스러운 놈이 아닐 수 없다.

'저건 나무가 아니라 악마야. 난 악마에 홀린 불운한 남자고.'

몇번 더 까치발을 하던 돈 사파테로는 입을 굳게 다물고 집으로 돌아갔다.

그러나 사진을 포기했음에도 그는 나무의 그림자를 자기 주변에서 몰아낼 수 없었다. 샤워를 할 때, 가게에서 물건을 사서 정리하는 동안에, 침대에 누워 잠을 청할 때, 모든 창문 밖으로 나무의 소맷부리 같은 파란 잎이 스쳤다. 책상에서 작업에 열중하다 문득 그늘이 진다 싶어 쳐다보면 영락없이 나무가 굽어보는 중이었고, 그때마다 사파테로는 제 뺨을 후려쳐서 정신을 차리려 했다.

심지어 출장을 간 밀라노에서도 사정은 마찬가지였다. 편집자와 대화 도중 사파테로는 얼빠진 목소리로 가로수 사이에 섞여 있는 나무를 가리키며 이렇게 물었던 것이다.

"저 나무, 당신에게도 보입니까?"

편집자는 뜬금없이 무슨 말이냐는 표정이었다. 다시 바라보니 여느 가로수와 다를 바 없었다. 돌아다니는 나무에게 신경을 곤두세웠더니 세상의 모든 나무들이 수상쩍어 보였다. 신경쇠약에 걸린 사파테로는 예정에 없던 말을 불쑥 꺼냈다.

"이번 일이 끝나면 휴가를 다녀와야겠습니다."

그러나 파리의 호텔에서 가방을 풀었을 때, 짐 속에 작은 쪽지처럼 들어 있는 나뭇잎을 본 사파테로는 자신의 휴식이 이미 망가졌음을 깨달았다. 아니나 다를까, 호텔 정원 사이로 나무가 휘파람이라도 부는 것처럼 바람 소리를 내며 걸어나오고 있었다. 사태는 분명해졌다. 녀석을 처치하지 않는 이상 휴식은 불가능한 것이다.

더욱 화가 나는 것은 사파테로 혼자만 이 사실을 알고 있다는 것이다. 다른 사람이 오면 나무는 땅속에 뿌리를 감추고 딴전을 피웠다. 나무에게 위장만큼 간단한 것은 없었다. 뿌리를 숨기고 그저 가만히 서 있기만 하면 되니까. 심지어 겉으로 드러난 뿌리를 감추지도 않고 수풀 사이에 슬쩍 서 있기도 했다. 그저 서 있기만 해도 완벽한 위장술이 되는 것은 '돌아다니는 나무' 말고는 천지간에 없을 것이다. 이 점이 가장 약이 오르는 부분이었다.

런던을 떠나 집으로 돌아온 그는 차근차근 계획을 세웠다. 마음 같아서는 당장이라도 도끼를 휘둘러 나무를 처단하고 싶지만, 식물의 범주에서 벗어난 이 나무에게는 다른 도구가 필요할 것 같았다.

그는 여러 물건을 비교해보며 시간을 보냈다. 주로 야생동물을 포획하기 위한 덫을 만드는 재료들이었다. 캠핑 도구와 망원경, 로프도 구입했다. 노트에는 덫을 이용한 사냥 방법에 대해 자세히 적어두었다. 사파테로는 까다로운 학장에게 논문 지도를 받을 때처럼 근면하고 꼼꼼하게 나무를 붙잡을 준비에 매달렸다.

그가 사용한 방법은 덫, 창애, 올무와 함정 파기였다. 결과적으로는 모두 실패했다. 덫은 피해 갔고 나무로 만들어진 창애는 나무끼리 차마 못할 짓이라는 듯 작동하지 않았으며 올무에는 불쌍한 토끼가 걸려드는 바람에 실패했다. 힘들게 파놓은 함정에 나무가 한번 빠지기는 했다. 하지만 뿌리를 흡반처럼 이용해 흙벽을 타고 성큼성큼 올라가더니 사파테로의 머리 위를 훌쩍 뛰어넘어 달아났다.

'흙은 나무에게 유리한 조건이다. 흙을 사용해서는 안 된다. 나

무로 된 덫들도 마찬가지다.'

사파테로는 분을 삭이며 노트에 적었다.

그가 두번째로 사용한 방법은 불을 이용하는 것이었다. 돌아다니는 나무를 붙잡기 위해 더 높은 나무에 올라간 사파테로는 옆구리에 가솔린 통을 끼고 끈질기게 기다렸다. 한참을 매복한 끝에 나무에게 가솔린을 흠뻑 끼얹었고 불을 붙이는 데 성공했다.

나무는 아주 잠깐 불길에 휩싸였다. 그러나 화염에 휩싸이는 연기를 하는 스턴트맨처럼 날뛰더니 믿을 수 없을 만큼 빨리 달려가 골짜기 아래 강물로 뛰어들었다. 사파테로가 확인차 가파른 골짜기 아래를 내려왔을 때 나무는 느긋하게 누워 휴식을 취하는 중이었다. 뿌리 쪽만 강물에 담그고 몸통은 비스듬히 땅에 누워 있는 품새가 바캉스를 즐기는 휴양객 같았다.

그 모습을 보자 사파테로는 그동안 나무가 어떻게 말라죽지 않고 돌아다녔는지 알 수 있었다. 돌아다니는 나무라서 오히려 수분이 필요할 때마다 물을 섭취했던 것이다.

그다음에 사용한 방법은 그물이었다. 몇번의 시도 끝에 그물을 나무의 꼭대기 위로 뿌리는 데 성공했다. 그러나 붙잡으려 다가가보니 나무는 스타킹을 훌훌 벗어놓은 것처럼 그물을 던져버리고 어디론가 사라진 다음이었다. 사파테로는 그물코에 걸린 이파리를 주워 노트에 압착시켰다.

그는 도서관에 가서 두꺼운 식물도감을 꺼내들었다. 정체를 알아내면 추격전이 쉬워지지 않을까 하는 생각에서였다. 그러나 책장을 샅샅이 넘겨보아도 어린애 손바닥처럼 생긴 이 나뭇잎은 찾을 수가 없었다. 사파테로는 용의자의 몽타주처럼 스케치해놓은 나무의 그림을 꺼내 대조해보았다. 가느다란 몸피에 어울리지 않는 우람한 뿌리에 비스듬하게 기울어진 몸통은 갈색과 흰색으로 얼룩덜룩하다. 꽃과 열매는 아직 본 적이 없다. 어찌 보면 흔한 생김새인데, 비슷한 나무들은 많아도 똑같은 나무는 찾을 수 없었다.

한숨을 쉬며 소득 없이 두꺼운 책장을 덮자 도서관 유리창에서 찰싹찰싹 나뭇잎 부딪치는 소리가 들려왔다. 이렇게 조롱을 받자 사파테로는 오히려 이성을 되찾았다.

'나무를 공략하는 것은 아무 소용이 없다.'

그는 노트에 계속 생각을 적었다. '나무는 어떤 함정에도 달아났고 심지어 달아날 수 있는 함정에 일부러 걸려드는 것처럼 굴었다. 전략을 수정해야 한다.'

팡! 분위기를 전환시키는 소리에 사파테로는 정신이 번쩍 났다.

'그렇다면 새는? 새를 잡으면 어떻게 될까?'

왜냐하면 사파테로를 유혹하는 것은 항상 저 연푸른 깃털의 새였기 때문이다. 너무 멀어지지도 가까워지지도 않게끔 간격을 조정하는 것도 새소리였다. 팡! 소리가 나면서 항상 일정하게 유지되는 간격이 그를 안달 나게 만들었다.

'어쩌면 이 모든 일이 저 새의 조종인지도 모른다.'

반신반의하면서도 사파테로는 이렇게 중얼거렸다.

그는 여러종류의 미끼를 준비했다. 곡류나 씨앗, 살아 있는 벌레와 죽은 벌레를 조금씩 놔둔 결과 가장 먼저 사라진 것은 해바라기 씨였다. 사파테로는 해바라기씨를 미끼로 놓고 광주리덫을 만들었다. 크게 기대하지 않았지만 뜻밖에도 원시적인 덫은 제 효용을 발휘했다. 해바라기씨를 먹으러 땅에 내려온 새는 광주리 안에 갇혀 짧은 날개를 파닥였고, 새장에 옮긴 다음 검은 천을 덮어두자 조용해졌다.

그후 나무의 움직임은 눈에 띄게 둔중해졌다. 나무는 같은 자리를 맴돌며 새의 향방을 찾는 모습을 보였다. 사파테로는 며칠을 더 기다리며 나무의 힘을 빼놓고 만반의 준비를 다했다. 마침내 충분히 준비되었다고 판단되자 그는 새장을 덮고 있던 검은 천을 벗겨냈다.

팡! 소리가 허공의 마개를 뽑듯 울려 퍼졌다. 얼마 되지 않아 뿌리가 땅에 끌리는 소리가 들려왔다. 나무는 잔뿌리가 부러지는 것도 아랑곳하지 않고 사파테로가 파놓은 함정을 향해 전속력으로 달려왔다. 사파테로는 회심의 미소를 지으며 새장 문을 활짝 열었다.

새가 나무를 향해 날아올랐다. 그러나 가지에 앉을 수 없었다. 나무는 다시 한번 구덩이에 빠졌는데, 새로운 구덩이는 플라스틱 물탱크였던 것이다. 물 없는 물탱크에 빠진 나무는 뿌리와 가지, 몸통으로 벽을 쿵쿵 쳤다. 그러나 인간이 만들어낸 인공 재료는 나무에게 아무런 반응을 보이지 않았다.

사파테로는 서두르지 않고 양쪽 가지에 올가미를 던져 하나씩 고정시켰다. 가지가 결박된 나무는 더이상 움직일 수 없었다. 십자가형에 처해진 죄수처럼 팔을 벌린 채 옴짝달싹 못하자 '마침내 나를 잡았군그래'라고 체념하듯 나무는 더이상 움직이지 않았다. 사파테로는 물탱크로 내려가 나무 사이에 박혀 있던 메리 루의 액자를 조심스레 꺼냈다.

그는 가벼운 발걸음으로 숲을 가로질러 집으로 향했다. 더이상 풀들은 밀고하는 풀들이 아니었고, 나무들 또한 범인을 은닉하며 의뭉을 떠는 공범으로 보이지 않았기에 숲을 사랑스럽게 바라볼 수 있었다. 그토록 싫어하던 미모사—손을 대면 잎을 오므리며 줄기를 접기 때문에 유령 나무와 가장 가까운 족속이라고 생각했다—마저도 향기 좋은 나무일 뿐이었다. 음정이 맞지 않던 불협화음이 사라진 것처럼 자연은 조화로운 균형을 뽐내며 아름답게 펼쳐져 있었다.

집에 오자마자 사파테로는 사진과 액자를 분리해 꼼꼼히 닦은 후 책상 위에 올려놓았다. 사제가 제대 위를 정리하듯 엄숙하게 책상 위를 정리한 후 욕조에 뜨거운 물을 받아 목욕을 즐겼다. 모처럼 창밖을 의식하지 않으며 잠옷을 갈아입는 일마저 소소한 기쁨이었다. 사파테로는 다리를 쭉 뻗고 침대의 안락함에 빠져들었다.

그는 구덩이로 떨어졌다.

흙은 푹신하고 부드러웠고 좋은 냄새가 났다. 흙이 아니라 달콤한 향신료를 넣은 시폰케이크 같았다. 사파테로는 약간의 흙을 입속에 넣어 우물거려보았다. 고소하다,라고 그는 생각했다. 이게 바로 고소한 맛일 거야.

그는 계속해서 흙을 먹었다. 흙에는 수분도 들어 있어 먹다보면 목도 마르지 않았다. 그가 먹을수록 구덩이는 점점 넓어졌다. 사파테로는 동굴을 파는 사람처럼 흙을 먹으며 앞으로 나아갔다. 이 행위는 이상하게 도취적이어서 멈출 수 없었다.

부드러운 흙, 포슬포슬한 흙, 축축하고 미끄러운 흙, 건조하고 식감이 좋은 흙, 작은 돌 사이에 흐르는 깨끗한 물, 흙과 흙 사이의 공기를 먹고 호흡하는 동안 많은 것들이 희미해졌다.

흙 사이로 빛이 새어들어왔을 때 그는 잠시 먹는 일을 중단했다. 구멍이 뚫린 벽처럼 사방에서 빛이 새어들어왔다. 익숙한 웃음이 또 하나의 빛처럼 사파테로가 있는 어둠 속을 밝혔다.

당신이야?

응.

여기는 어디야?

나무도 사람도 전부 씨앗인 곳.

당신을 계속 찾아다녔어.

난 이리로 와야 했어. 땅속에서 나는 자유로워.

당신을 만나 평생 소원하던 것을 얻었어. 사람의 온기와 포근한 집.

그런데 당신은 떠나버렸지.

내가 어떻게 해주길 바라?

잊지 않고 사는 건 너무 힘들어. 내가 외롭다는 걸 끝없이 인정하는 일이니까. 잊을 수 없으니 돌아와.

허락이 필요해.

누구의 허락?

땅속과 땅 위를 만드신 분. 그분 안에서는 당신도 씨앗이었어.

말도 안 돼. 그런 어처구니없는 소리는 들은 적이 없어.

똑같은 말을 한 적이 있다는 걸 기억해?

둘은 동시에 웃었다. 두 사람의 웃음이 흙벽에 부딪치자 공명에 못 이기듯 벽이 무너져내렸다.

밝아진 빛 때문에 사파테로는 눈을 제대로 뜰 수 없었다. 한참 후에 주위를 살펴보니 아내는 보이지 않았고 정원 같은 공간이 펼쳐졌다.

정원에는 인간들이 나무처럼 심겨 있었다. 줄을 맞춰 심긴 곳도 있고 화분에 심겨 있기도 했다. 화분의 크기에 따라 갓난아기, 어린이, 소년소녀들, 젊은이들이 한명씩 담겨 있다. 다 같이 욕조에 들어가 앉아 있는 것처럼 한 가족이 넓은 화분에 들어 있기도 했다.

인간을 심고 가꾸는 것은 움직이는 나무들이었다. 이곳의 나무들은 뿌리로 능숙하게 걸어다녔고 가지에는 물을 든 양동이들이 걸려 있었다. 나무들은 인간에게 물을 주기도 하고 크기에 따라 분갈이를 해주기도 했다. 알몸의 인간들은 눈을 감고 잠들어 있다가 물을 뿌려주면 받아먹거나 킥킥 웃었다. 살아 있는 사람이라기보다 인간의 형태를 한 식물 같았다. 마찬가지로 나무들 또한 나무

모형을 쓴 인간처럼 보였다. 사람과 나무의 위치가 바뀌어 있지만 양쪽 다 어린이 프로그램에 출연하는 분장한 연기자처럼 보였다.

이 가운데 돈 사파테로는 유일하게 두 발로 걷는 인간이었다. 그는 뿌리로 걷거나 화분에 담겨 있지 않았고, 알몸도 아니었다. 유독 눈에 띄는 그에게 떡갈나무 두그루가 다가오더니 그를 온실의 안쪽으로 데려갔다.

온실 끝에는 벽을 모두 차지하고도 밖으로 뻗어 있는 거대한 나무가 있었다. 고개를 젖히고 유리 천장 너머를 바라보아도 그 끝이 보이지 않았다. 이 나무에 비하면 다른 나무들은 씨앗보다도 작을 지경이었다. 나뭇잎 사이로 빛이 쏟아져나와 자세히 살펴볼 수 없을 정도로 눈부셨다.

'메리 루가 말한 '그분'인가?'

돈 사파테로는 직감적으로 거대한 나무 앞에 무릎을 꿇었다. 그리고 에우리디케를 돌려달라고 애원하는 오르페우스처럼 마음을 다해 탄원했다.

"제발 그녀를 데려가게 해주십시오."

다시 구덩이로 돌아온 그의 손에는 머그컵만 한 작은 화분이 들려 있었다.

일체의 의문을 품지 않아야 한다는 것은 말하지 않아도 알 수 있었다. 사파테로는 오르페우스 이야기나 뒤를 돌아보는 바람에 소금 기둥이 된 롯의 아내 이야기를 잘 알고 있었다. 그들의 어리석음은 안타까울 정도였다. 이 작은 화분 안에 메리 루가 심겨 있다는 사실을 믿어 의심치 않아야 그녀를 구할 수 있을 것이다.

밖이 가까워질수록 동굴을 밝히는 빛의 고리들이 늘어났다. 빛의 고리 중 하나가 사파테로의 마음에 메아리를 퍼뜨렸다. 그것은 오르페우스나 롯의 아내에게도 똑같이 울려퍼지던 불신의 메아리였다. 실패할 줄 알면서도 끝내 내딛는 한발이었다. 메아리는 점점 큰 목소리가 되어 그의 내부에 울려퍼졌다.

'이 화분이 빈 화분이 아니라는 증거가 있어?'

사파테로는 초조한 나머지 입술을 깨물었다. 고개를 저었지만, 그는 다음에 자기가 무슨 일을 저지를지 직감했다. 그와 동시에 소설가가 등장인물의 운명을 미리 알 듯 이 꿈이 어떻게 끝날지도 알아차렸다. 모르는 것은 한가지, 유혹에 졌을 때의 짜릿함뿐이었다.

사파테로는 아내에게 말을 걸고 싶은 충동에 저항했고, 성공했다. 다만 손가락을 화분에 넣어 씨앗이 담겨 있는지 확인했을 뿐이다. 손끝에 흙이 닿고 얼굴에 빛이 닿는 순간 화분에서 비명이 터져나왔다.

"그러지 말아야 해!"

뒤를 돌아보니 기다란 머리채를 뒤에서 잡아당기기라도 하듯 메리 루가 빨려들어가고 있었다. 사파테로는 재빨리 아내의 손을 붙잡아 밖으로 끌어냈다. 볕이 닿으면서 아내의 몸은 줄어들고 비명을 지르는 목소리가 변하기 시작했다. 마침내 두 사람이 바깥으로 나왔을 때 아내의 몸은 연두색 깃털에 덮여 있었다.

사파테로는 흐르는 눈물을 닦으며 잠에서 깨어났다. 베개와 침구가 다 축축했다. 땀을 몹시 흘리며 잠을 잤기 때문이었다. 그는 휘적휘적 마당으로 나와 구석에서 죽은 새를 들어올렸다. 연두색 깃털에 노란 부리의 새는 눈이 감겨 있었다.

매정한 친척들이 눈물샘을 봉한 이후 그는 처음으로 울기 시작했다. 부모가 죽었을 때, 아내가 죽었을 때, 혼자 남겨진 자신을 인식하는 순간에 이미 흘렸어야 할 눈물이 그제야 길을 찾았다. 죽은 새를 손에 든 채 그는 한참 동안 울었다. 먼지 나는 쿠션 모양의 심장이 다시 작동했기 때문이다.

마침내 눈물을 그친 사파테로는 땅을 파서 나뭇잎 새를 묻어주었다. 저녁 새들이 산 위로 까맣게 날아오르는 것이 보였다. 씨앗 같은 까만 점들이 하늘을 수놓는 풍경을 오래오래 바라보다 눈물을 멈췄다. 돈 사페테로는 한쪽 입꼬리만 올리며 비죽 웃다가 다른 쪽 입꼬리마저 당겨 활짝 미소를 지었다. 등 굽은 꼽추가 외로움을 껴안고 사는 것 같던 시간은 끝났다. 나무추격자는 이제 눈물을 얻었으므로.

배꼽 입술,

무는 이빨

오래전 내게 붙은 별명은 벙어리였다. 말들을 꾹꾹 눌러 참는 것이 내 특기다. 살면서 많은 일들이, 주로 좋지 않은 일들이 벌어졌고 그 일들로부터 나를 방어해야 했다. 그러자면 입을 다물고 있어야 할 때가 많았다. 옳은 말들도 옳지 않은 상황에 놓이면 나를 궁지로 몰고 갔다. 예를 들어 새엄마가 소금 두숟가락을 넣은 라면을 주었을 때 나는 짜다고 말하면 안 되었다.

열일곱살에는 집에서 나왔다. 그사이 엄마가 두번 바뀌었고 마지막 엄마는 나보다 세살 많은 캄보디아 여자였다. 갈 데 없는 미성년자가 흘러들 수 있는 곳 중에 깨끗한 곳을 찾아 헤맸다. 헤맸다기보다 '고였다'라고 해야할까. 폭력은 약자에게 고인다. 어린 여자아이는 도시의 가장자리를 따라 흐르면서 밤과 방을 탐색한다. 언제나 위태로웠던 밤과 방. 술자리에 남아 꾸물대다보면 누군 가 나를 주워갔다. 십대 후반과 이십대 초반에는 그렇게 주워간 남 자들이 괜찮은 잠자리들을 제공해주었지만, 갈수록 내가 누운 방 들은 남루해졌다.

겪고도 이해할 수 없는 일 중 하나는, 아빠가 왜 그렇게 잔인하 게 굴었는지 모르겠다는 것이다. 정신이 돌아오면 아빠는 내 몸의 퍼런 멍을 수치스러워하는 듯했고, 내 눈빛에서 있지도 않은 비난 의 흔적을 찾아냈다. 그 핑계로 또다시 손을 치켜들었다.

문제는 내가 복종하는 어른이 되어버렸다는 것이다. 나는 거절 하는 법을 배우지 못했다. 목표를 갖고, 스스로를 다그치고, 끈기 있게 뭔가를 해내는 경험 또한 전무했다.

"넌 너무 약해. 네가 약하게 구니까 상대는 자연스럽게 갑이 되 어버리고 만다고. 그런데 갑은 반드시 갑질을 하고 싶어진단 말이 야. 너한테 왜 자꾸 쓰레기가 꼬이는지 알겠어?"

현주는 이렇게 충고했다. 애인에게 헌신적인 것이 애인을 망치 는 짓이라니 좀 이상했지만 틀린 말은 아닌 것 같았다. 그렇지 않 다면 세상 남자들은 아빠를 비롯해 한결같이 왜 내게 주먹을 휘두 르는 것일까? '자기비하가 습관이 되어 애정을 줄 만한 사람에게 모조리 굽실거리니까 그렇지, 요 맹추야'라고 현주는 못을 박았다.

현주는 나보다 똑똑했지만 미래를 꿈꾸는 버릇 때문에 결국 좌 절밖에 할 게 없었다. 우리에게는 늘 계획이 있었다. 그러나 자주

두들겨 맞다보면 계획이라는 게 죄다 도피일 수밖에 없다. 그 애는 남자를 의지하는 게 아니라 이용해야 한다고 입버릇처럼 말하더니 '적당한 남자'에게 버림을 받자 일찌감치 약을 털어넣고 세상을 떠나버렸다.

나는 또 혼자가 되었다.

나의 가장 큰 특징은 주변 사람들과 어울리지 못한다는 것이다. 또래의 농담과 문화를 이해하지 못했고 그들 사이에 낄 수도 없었다. 현주만이 유일한 단짝이었다. 그런데 보란 듯이 잘살 줄 알았던 현주가 죽음을 택함으로써 나를 저버린 것이다. 장례를 치르면서 절대로 희망을 품지 않기로 결심했다. '오늘도 무사히 넘겼어'라고 중얼거릴 수 있으면 충분했다. 행복하지도 않지만 더 불행해지지도 않는 주문. '무사함'이야말로 내가 누릴 수 있는 최고의 상태였다.

정산 날짜가 다가오자 마담의 가방 하나가 없어졌다. 그러나 아무도 그 말을 믿지 않았다. 어딘가에 팔아먹고 우리에게 덤터기를 씌운 후 원래 주기로 한 돈에서 얼마씩 제하려는 게 틀림없다. 명품백은 우리의 생명인데, 생명줄에 함부로 손대다가는 이 거리에서 살아남을 수 없다. 다른 건 몰라도 서로의 가방과 구두는 건드리지 않는 것이 지하마다 술집을 품고 있는 이 바닥의 불문율이다.

철저하게 비사교적인 내가 비즈니스 판에 여흥을 돋우는 직업을 얻다니 신기한 일이다. 다행히 나는 날씬한 체형에 꾸며놓으면 그럭저럭 화려해지는 이목구비를 갖고 있었고 크고 축축해 보이는 눈 때문에 예쁘다는 소리도 더러 들었다.

"이틀 후면 정산인데 이런 식이면 계산이 꼬이지."

마담이 훈계조의 사설을 늘어놓으려는 찰나 누군가 신경질적으로 말을 잘랐다.

"이런 쌍, 어디서 개수작이야?"

나는 깜짝 놀라 이 용감한 사람이 누군지 두리번거렸다. 일곱명의 아가씨들이 서로서로 얼굴을 쳐다봤다. 당혹감을 입증하는 듯 마담의 이마에 파란 힘줄이 불거졌다.

"누, 누구야? 방금 씨부렁거린 게."

"그냥 까고 주든가. 쇼하지 말고."

이번에는 모두들 내 얼굴을 쳐다보았다. 나는 입도 떼지 않았는데 말이다. 마담도 나를 노려보기에 반사적으로 고개를 흔들었다. 그와 동시에 '씨팔'이란 욕설이 생경하게, 거의 명랑하게 울려 퍼졌다. 내 입술이 꼭 다물려 있는 것을 모두들 똑똑히 봤기 때문에 그날은 일단 그렇게 넘어갔다.

그러나 다음 날도 똑같은 일이 벌어지자 마담이 내 머리채를 휘어잡았다. 오사리잡년 같은 게 사람을 가지고 논다면서 말이다.

'난 아네요. 내가 한 말이 아니라고요!'

나는 가슴을 치며 필사적으로 외쳤다. 그런데 입 밖으로는 한마디도 나오지 않았다. 대신 어디선가 흘러나온 욕설이 카랑카랑하게 공기를 갈랐다.

"야이 개년아, 어디 더 때려보시지? 칼로 아가리를 확 찢어줄 테

니까. 처먹을 게 없어서 감히 내 돈을 건드려? 자기 피에 코를 박고
뒈질 때쯤이면 왜 그랬나 싶을 거다."

악다구니는 분명 내 목소리였고, 내게서 흘러나왔다. 마담은 입을
떼지 않고 말하는 나를 귀신 보듯 쳐다보다 뒷걸음질 치며 나갔다.

모두들 나를 둥글게 둘러쌌다. 그사이 욕설은 의기양양한 웃음
소리로 바뀌어 있었다. 언니들은 이 소리가 어디서 나는지 알아보
기 위해 내 옷을 들추기 시작했다. 이 경악할 사태에 아무 말도 할
수 없어 답답했던 나는 옷을 활활 벗었다. 팬티와 브래지어 차림
이 되자 ─ 룸에서도 종종 이러고 놀기 때문에 거리낄 것도 없지
만 ─ 내 몸을 샅샅이 살펴보던 미란 언니가 허리를 굽혀 배 한군
데를 꾹 찔렀다.

"여기네, 여기."

그러자 웃음이 뚝 끊어지고 이내 구시렁거리는 소리로 바뀌
었다.

"배꼽이야. 너 배꼽에서 말이 나와. 이건 무슨 재주냐?"

'말도 안 돼!'라고 외쳐보았지만 역시 입에서는 바람만 나올 뿐
목소리가 나오지 않았다. 답답하고 무서워 미칠 지경이었다. 나는
스마트폰을 꺼내 눈앞의 언니에게 문자를 보냈다. 어떻게 된 영문
인지 모르겠다고, 갑자기 말이 안 나오고 내 의사와 상관없는 소리
가 몸에서 나온다고 말이다.

모든 건 스트레스 때문이다, 며칠 쉬다 낫지 않으면 의사한테 가
봐라, 이런 일은 점쟁이가 더 낫다 등등 다양한 의견이 나왔지만

이 상태로 일을 할 수 없는 건 확실했다. 나는 해가 지기도 전에 가게를 나섰다.

일주일이 지나도록 증상은 호전되지 않았다. 사실 밤낮으로 지껄여대는 배꼽 때문에 제대로 쉬었다고도 할 수도 없는 시간이었다. 병원에 가자니 정신병자 취급받을 것 같아 언니들이 알려준 점집부터 찾아갔다. 옷을 곱게 차려입은 박수무당이 내게 잡귀가 붙었다면서 제대로 굿을 올리려면 오백만원을 준비하라고 말했다.

"지랄하고 자빠졌네."

배꼽은 무당의 말을 대놓고 비웃었다. 삼백만원짜리 치성을 드린 다음에도 배꼽은 여전히 활발하게, 쪼글쪼글하고 동그랗게 말린 입술을 다물지 않았다.

어처구니없는 불운이 어처구니없게도 행운으로 바뀔 수 있을까. 내게 벌어진 일을 보면 그런 것 같기도 하다.

나는 이 거리의 명물이 됐다. 젊고 예쁜 여자가 넘쳐나는 곳에서는 신기한 아가씨의 주가가 더 높았다. '그 집에 가면 복화술을 하는 아가씨가 있다'는 소문이 돌자 나는 가게의 대표 선수로 부상했다. 단골은 말할 것도 없고 새로 오는 손님 중 열의 아홉은 나에 대한 소문을 듣고 찾아왔다.

'복화술'이 뭔지 일이 벌어지고 나서야 알았다. 배로 말한다는 뜻인데 입은 거의 벌리지 않고 들릴락 말락하게 말하는 기술이라고 했다. 그런데 내 경우와는 맞지 않는 것 같다. 입을 벌리지 않고 말하는 재주가 있을 리도 없거니와 복화술사들은 아주 작게 말한 다는데 배꼽 입술은 크고 우렁찬 목청을 가지고 있다. 욕도 차지고 육담도 잘한다. 어지간한 쾌락에 이골이 난 고객들은 많은 돈을 들여 나를 찾았다.

마담은 내게 배꼽이 보이는 탱크탑이나 위아래가 분리된 드레스만 입혔다. 밴드를 불러서 놀 때도 나는 마이크를 입이 아닌 배에 가져다 대야 했는데 손님들은 이런 구경을 좋아했다. 배꼽은 농담만큼이나 노래도 곧잘 했는데, 한마디로 유흥에 최적화된 성격이었다.

모두들 배꼽의 말을 좋아한 것은 아니다. 거만한 손님에게 자지를 잘라버리겠다는 폭언을 퍼부어 쫓겨난 적도 여러번이다. 배꼽은 무례한 사람에게는 무례하게, 지루한 사람에게는 지루하게 대응했고 매사 거침이 없었다. 주로 과장되고 조롱 섞인 말투를 썼지만 내 본심과 완전히 따로 노는 말은 아니다.

발설하는 말이, 감정이, 진심이 너무 많다보니 이따금 나는 사람이 아니라 욕망이 줄줄 새는 느슨한 그물처럼 느껴졌다. 육체는 사방으로 구멍이 뚫려 있고 그 틈새로 온갖 말들이 흘러나왔다.

서커스의 재주 많은 원숭이 취급받는 것에 진저리가 날 무렵에 남편을 만났다. 우리는 건물과 건물 사이의 송곳 같은 공간에서 마주쳤다. 고깃집에서 불을 피우는 남자였는데, 인물은 없지만 착실했다.

내가 굳이 지하에서 올라와 이 골목에서 담배를 피우는 이유는 이곳에 라일락 나무가 한그루 서 있기 때문이다. 나는 언제나 이 나무를 좋아했기 때문에 이따금 향기를 맡으러 올라오곤 했다.

"라일락 향기가 하늘에 구멍을 뚫어놓는 것 같지 않아요?"

연보라색 꽃잎을 올려다보는데 수더분한 인상의 남자가 말을 걸어왔다.

며칠 후 숯불을 피우는 그 앞에 서 있다가 원피스에 불티가 튀어 구멍이 나는 사건이 벌어졌다. 남자는 어쩔 줄 몰라 했고, 그날 밤 나는 그의 자취방에 누워 그가 구멍 난 원피스를 벗기도록 내버려두었다.

온전한 사랑만이 온전히 병든 자를 치료한다. 내 인생의 가장 소중한 진리를 그 시절에 배웠다. 차디찬 손발을 가진 내게 그는 난롯불처럼 따뜻했다. 잠들어 있는 그의 몸에 차가운 맨발을 갖다 대면 온기가 돌며 꿈 없는 잠 속으로 빠져들 수 있었다.

한번 사랑받는 일에 익숙해지자 욕심이 점점 늘어났다. 나는 그의 아내이자 딸이고 엄마이자 여동생이기를 바랐다. 받을 수 있는 모든 종류의 애정을 요구했는데 남편도 그렇게 해주려고 애를 썼다.

우리는 가진 돈을 합쳐 작은 화원을 얻었다. 배꼽은 대부분 자기가 번 돈이라며 엄청 으스댔다. 신혼의 달콤함 속에서 배꼽의 신랄한 말은 기세가 꺾여가고 있었다. 임신을 하자 배꼽은 아예 침묵에 빠졌다. 생명이 자라나면서 욕설과 음담이 있던 자리를 밀어버린 것이다.

입덧이 시작되면서 내게는 고약한 버릇이 생겼다. 어떤 음식도

넘기기 어려웠고 밥 냄새조차 역해서 맡을 수가 없었다. 남편이 내 앞에서는 냉장고 문을 열지 못할 정도로 심한 입덧이었다. 욕지기가 밀려오면 어떤 음식으로도 진정되지 않았는데, 오직 남편의 살을 물어뜯어야만 겨우 체기가 내려갔다.

왜 이런 버릇이 생긴 것일까.

단 한번 아빠가 나에게 관대했던 날이 있다. 젖니가 빠지지도 않은 어릴 때 일이다. 그날 아빠는 반팔 러닝셔츠를 입고 등을 돌린 채 신문을 보고 있었다. 나는 엉금엉금 기어가 아빠의 드러난 팔을 앙, 하고 물었다. 이빨이 간질간질했다. 아빠가 뿌리치지 않고 가만히 있자 조금 더 힘주어 물었다. 이번에도 아빠는 모르는 척 신문만 읽었다. 우리 둘 사이에 갑자기 생겨난 말 없는 게임 같았다. 그래서 아주 세게, 있는 힘껏 살을 물었다. 아빠는 끝까지 참았고 덕분에 내 잇자국이 한동안 빨갛게 남아 있었다.

그것이 아빠가 내게 보인 유일한 사랑의 순간이었다. 그럴 위인이 아니었기 때문에 나는 이 기억이 조작된 것이 아닌가 의심하다가 어느 순간 잊어버렸다. 그런데 내 모든 것을 받아주는 사람을 만나자 그 순간의 충동이 되살아났다.

시작은 장난처럼 가벼웠다. 나는 그의 등에다 손가락으로 이렇게 썼다.

'깨물어도 돼?'

남편은 무슨 말인가 하는 표정으로 나를 돌아봤다. 나는 가볍게 팔뚝을 물었다. 아프지 않게 살살. 남편은 가만히 있었다. 그러자 내가 한없이 작고 사랑스러운 존재처럼 느껴졌다. 버릇없이 굴어도 나를 받아주는 관대함이 이빨을 한층 더 자극했는지도 모른다.

그날부터 섹스를 할 때마다 남편을 물기 시작했다. 귓불과 목덜미와 어깨를, 허벅지 안쪽과 엉덩이와 옆구리를, 무엇보다 팔뚝을. 처음에 남편은 애무로 받아들이고 대수롭지 않게 넘겼다. 그러다 일상생활에서도 수시로 깨물리고 강도가 점점 세지자 결국 정색을 했다.

"그만 좀 해. 아프잖아."

멈출 수가 없었다. 살을 씹고 남편이 참아주는 순간이 너무 행복했으니까. 그가 질색할수록 이러지 말아야지 하면서도 점점 더 나쁜 버릇에 빠져들었다.

남편은 노이로제에 걸릴 지경이라며 한번 더 깨물면 참지 않겠다고 화를 냈다. 나는 입덧이 너무 심한데 이래야만 진정이 된다고 사정을 했다. 그 말이 아기에게 좋지 않은 영향을 미친 것일까. 더 이상 핑계를 댈 수 없게 만드는 일이 벌어졌다. 배 속의 아이가 태동을 멈추고 어둠 속에서 영원히 나오지 않기로 한 것이다.

병원에서 집으로 돌아온 다음 죽은 듯이 잠만 잤다. 한밤중에 문득 눈을 뜨니 허기가 몰려왔다. 텅 빈 배 속에 뭐라도 집어넣지 않으면 죽어버릴 것 같았고 또다시 이빨이 시큼했다. 심한 욕지기가 치밀었는데, 진정시킬 수 있는 방법은 하나밖에 없었다.

나는 두 손으로 남편의 팔뚝을 가져다 이빨에 댔다…… 처음에는 무는 시늉만 하고 있을 생각이었다. 그러나 남편의 살은 너무나 부드러웠고, 싱싱했으며, 속을 진정시켜주었다. 조금만 더 이러고 있자는 생각이 들었다.

그가 뒤척일 때 재빨리 입을 뗐어야 했다. 그러나 정신을 차려보니 자다 깬 남편의 비명이 귀를 찌르고 있었다. 나도 모르게 더 세게 문 것이다. 벌떡 일어난 남편이 반사적으로 나를 밀쳐냈다. 나는 살점을 씹어 먹는 식인귀처럼, 이럴 수밖에 없는 충동을 증오하면서, 이번이 마지막이라는 것을 직감하면서 물러서지 않았다.

"당신 미쳤어? 제발 그만해!"

내 입가에는 피와 침이 섞여 질질 흐르고 있었다. 떼어놓으려는 남편과 떨어지지 않으려는 나 사이에 격렬한 다툼이 벌어졌다. 나는 끈질기게 남편의 팔에 붙어 있었는데, 멋대로 지껄이는 배꼽을 제어할 수 없었던 것처럼 이빨의 지독한 행동도 멈출 수 없었다.

결국, 결국, 결국, 남편이 나를 때리기 시작했다. 내 과거를 들은 후 절대로 폭력을 쓰지 않겠다고 한 맹세가 이렇게 깨진 것이다. 익숙한 감각이 가슴에 고이고 있었다. 벌어질 일은 다 벌어졌다는 더러운 안도감이었다.

내가 피 묻은 살점을 뱉어내는 동안 남편은 집을 나가 두번 다시 돌아오지 않았다.

이빨을 뽑아버리고 싶다. 배꼽을 도려내고 싶다. 입에 재갈을 물리고 싶다. 울지 않는 척을 한다. 하지만 내 연기는 서투르다. 아무리 무표정을 가장하려 해도 자꾸 일그러진다.

교회에 나가 기도를 드리기 시작했다. 새로 태어나고 싶었고 남편이 돌아왔을 때 제대로 된 사람이고 싶었다. 그래서 맹목적으로 신앙에 매달렸다.

그런데 수십일 기도 끝에 돌아온 것은 방언처럼 터진 배꼽의 말이었다. 행복한 사람들을 증오하고 더러운 팔자를 저주하는 말들. 배꼽이 다시 입을 열면서 교회에 얼씬도 할 수 없게 되었다.

저주와 기도가 어떻게 다른 건지 모르겠다. 어느 구멍에서 나왔느냐에 따라 기도가 되기도 하고 저주가 되기도 했으니까. 입술을 달싹이며 외우는 기도문은 형식상 감사의 인사를 담고 있지만 감사할 무엇도 누려본 적 없는 나였기에 분노를 억눌러야 했다. 반면 배꼽에서 흘러나오는 말은 서슬 퍼런 저주였지만 정반대의 기원이 담긴 간절한 반어법일 때가 많았다. 저주에서 기도를, 기도에서 저주를 오가는 동안 마음은 갈가리 찢어졌다.

결국 저주가 기도를 이겼다. 남편은 돌아오지 않고, 죽지 않는 이상 나 자신을 부양해야 하기 때문이다. 악착같이 살아가려면 배꼽에 어울리는 사람이 되는 편이 낫다. 욕하고 화내고 조롱하는데도 배꼽은 인기가 많기 때문이다. 배꼽은 내일을 생각하지 않고 순간적인 욕망에 따라 살았는데 그것이야말로 내게 필요한 용기일지도 모른다.

나는 내 목소리의 인형이 될 것이다. 목소리가 주인공이고 육체는 조종당하는 인형에 지나지 않는다. 그러면 아무도 나를 사랑해주지 않아도 무사할 것이다.

배꼽이 말을 할 때 입술을 움직여 비슷하게 말하는 시늉도 해보았다. 처음에는 더빙하는 성우처럼 어색했지만 연습을 거듭했더니 욕설이나 감탄사 같은 것은 비슷하게 타이밍을 맞출 수 있었다. 점점 배꼽과 입술의 말들이 일치하기 시작했는데, 그만큼 내 성정이 거칠어졌기 때문이다.

나는 일하던 가게로 돌아왔다. 골목의 명물로 제자리를 찾았고 또다시 많은 돈을 벌었다.

시간이 지나자 부작용이 생겼다. 배꼽과 입술의 말이 비슷해질수록 생활은 점점 무질서해지고 술에 의존하게 되었다. 두 입술 간의 간극을 취기로 메워보려고 했기 때문이다. 급기야는 환각 성분이 든 주사에도 손을 댔다.

몸이 부서지자 말들도 부서지기 시작했다. 배꼽은 전처럼 큰 소리로 말할 수 없었다. 말들은 바싹 마른 흙처럼 푸슬푸슬해져 알아듣기 힘들게 되었다. 시간이 갈수록 아귀에 맞지 않는 수다를 늘어놓으며 음산하게 웃거나 뭉개진 말들을 웅얼거리는 빈도가 잦아졌다.

남편의 따뜻한 팔뚝이 그리웠다. 너무나 그리웠기 때문에 옆에 누운 손님을 물기 시작했다. 그들은 나를 개처럼 때렸다. 내가 개처럼 그들을 물었기 때문이다. 누구도 남편처럼 나를 참아주지 않았기 때문에 괴벽을 드러낸 지 얼마 되지 않아 가게에서 쫓겨날 수밖에 없었다.

열어놓은 창문으로 문득 라일락 향기가 코를 찔렀다. 그사이 이 꽃이 피는 계절이 돌아온 것이다.

나는 향기에 끌려 오랜만에 여관 문을 나섰다. 공원에서 여러그루의 라일락 나무를 발견했다. 벤치에 누워 자잘한 꽃무더기를 바라보고 있으니 스르르 눈이 감겼다. 나는 라일락 향기에 감전된 것처럼 깊은 잠에 빠져들었다.

다시 눈을 떴을 때 공원은 텅 비어 있었다. 그때 혼자 있는 한 아이가 눈에 들어왔다. 반팔을 입고 인라인스케이트를 신은 예닐곱 살의 남자아이였다. 무릎과 팔꿈치에 보호대를 하고 있어서 팔과 종아리가 더욱 통통해 보였다. 하얀 살을 보니 눈앞이 흐려졌다. '물고 싶다'는 생각을 하자마자 아이가 자지러지게 울고 있었다. 나도 모르는 새 아이의 작은 팔뚝을 깨물고 있던 것이다.

아이를 놔주고 미친듯이 달아났다. 우는 애를 뒤로한 채 도망가는 내 모습은 꼭 아이를 먹는 식인귀 같았다. 나는 정말 괴물이었다. 아무 말이나 지껄이는 배꼽과 아무 사람이나 물어뜯는 이빨에 조종되는 괴물. 문득 죽어야겠다는 생각이 들었다.

그러자 참으로 기이하게 여겨졌다. 자살이 놀라운 게 아니라 그걸 '이제야' 결심했기 때문이었다. 나는 왜 오랫동안 살 궁리만 한 것일까? 내 삶을 들여다보면 죽을 궁리를 하는 게 훨씬 자연스러운데 말이다. 똑똑한 현주가 일찌감치 알아차린 것처럼, 사느라 고통을 겪느니 죽음으로 스스로에게 평화를 선사하는 게 좋지 않을까.

이곳저곳을 물색한 끝에 적당한 곳을 찾아냈다. 깊은 산속의 볕이 잘 드는 언덕, 아늑해 보이는 수목들. 주변에 인가가 없는 한적한 곳이니 죽은 다음에도 한참이 지나서야 발견될 것이다. 도시에서만 살아온 나인데 이곳 풍경은 처음 본 순간부터 알고 지낸 것처럼 눈이 편했다.

골짜기가 내려다보이는 언덕에 커다란 두개의 가지를 뻗고 있는 나무를 골라 준비해온 천을 걸었다.

그때 이상한 목소리가 들려왔다.

"설마 목이라도 매려는 건가? 그러면 무슨 일이 벌어질지 말해주지. 가지는 부러질 거고 나는 외팔이로 살아야 할 거야. 결국 복구가 되겠지만 새로 나온 팔은 지금보다 가느다랄 것이고 기우뚱한 상태로 여름, 가을, 겨울, 또다시 몇해를 보내야 하겠지. 우리는 불만이 전혀 없는 족속이지만 되도록 그런 일이 없었으면 좋겠는데 말이야……"

나는 천에서 손을 떼고 나무를 샅샅이 살펴보았다. 뒤쪽에 결이 갈라지면서 움푹 팬 구멍이 보였다. 사과 두개는 들어갈 크기의 구멍이었다. 나무줄기에 파묻힌 구멍이 꼭 벌린 입술처럼 보였다.

'이 나무도 말을 하는 건가?'

"자네도 입 없이 말할 수 있지 않은가."

내 속말이 들리기라도 한 듯 나무는 태연하게 대답했다.

목부(木部). 나중에 그를 목부라 불렀다. 서로에 대해 많은 대화를 한 다음 그에 대해 더 알고 싶어서 읍내에 내려가 나무에 관한 책을 샀고, 내 친구가 조팝나무라는 것과 말을 하는 부분이 목부에 해당한다는 것을 알았다.

그는 커다랗게 구멍이 난 속나무로 죽은 조직과 연결되어 있다. 목부의 입 없는 목소리는 바로 그 구멍에서 흘러나왔고, 그 말이 나를 살려냈다.

죽음을 보류하고 이곳에서 지내보기로 했다. 이렇게 결심한 데에는 멀지 않은 곳에서 버려진 폐가를 발견한 탓이 컸다. 집을 보수하고 살림을 들여놓는 일이 예기치 않은 활력을 가져다준 것이다. 오전에는 집을 건사하고 햇빛이 길어지는 오후에는 이 언덕으로 올라와 목부와 이야기를 나눴다.

목부가 내게 물리적으로 줄 수 있는 것은 그늘과 바람, 나뭇잎 사이로 쏟아지는 햇빛뿐이었다. 그러나 그가 진정으로 베푼 것은 한결같은 응시와 내 설움을 끝없이 들어주는 조용한 우정이었다.

"나는 죽은 몸이기 때문에 몸에 구멍이 뚫려 있어도 괜찮아. 여전히 살아 있는 곳과 연결되어 있으니까."

목부는 생명을 앗아갈 뻔한 구멍에 대해서 이야기를 들려주었다. 새들이 파고들어 겉껍질이 찢어졌고, 새들이 떠난 다음부터 그 자리가 썩어 몸이 두 동강이 날 정도로 큰 구멍이 뚫렸다는 것이다. 오래된 나무들은 한번씩 겪는 일이라며 그건 한참 전의 일이고 지금은 보다시피 몸피가 훨씬 커졌다는 것이다.

"우린 항상 최선을 다하니까. 게으른 나무란 없거든. 약하거나 아픈 나무는 있어도 말이야. 그런데 따지고 보면 약한 나무도 그저 불운한 거지 나약하다고 볼 수는 없어."

"왜 배꼽에서 말이 나왔을까요? 나에게 왜 이런 일이 생긴 걸까요?"

바람이 불어 나뭇잎들이 흔들렸다. 내 눈에는 생각에 잠긴 목부가 고개를 숙인 것처럼 보였다.

"……어떤 나무들은 너무 높이 자라면 가지 하나를 땅으로 내려 보낸다고 하더군. 꼭대기까지 물을 실어 나르기 힘드니까 말이야. 땅에 닿은 가지는 뿌리를 내리고 위쪽으로 물을 올려 보낸다고 해. 너에게 배꼽 입술이 생긴 것도 그런 이유 아니었을까?"

"아래로 자라는 나뭇가지요?"

"그러니까, 목이 말라 그런 거 아니었겠냐고."

갈증. 이뿌리를 시큰하게 만들었던 갈증이 무엇이었을까. 나는 어떤 입술을 열어 이 말을 전했던가. 그와 이야기를 나눌 땐 어떤 입술도 필요 없었다. 나무 앞에서 말을 걸면 목부는 내 속말에 즉시 대꾸를 해왔으니까.

목부와 있다보면 자기혐오와 연민에 빠질 우려가 없었다. 그는 신중한 의사처럼 내게 필요한 햇빛의 농도와 밀도를 정확히 처방했다. 너무 많은 햇빛은 나를 서럽게 만들고, 너무 드문 햇빛은 내 속의 어둠을 번식시킨다. 그와 가까워질수록 고통으로 죽어버린 부분이 사실은 삶을 지지하는 버팀목과 외형을 만들어준다는 것을 깨달았다.

목부와 친구가 된 다음부터 귀가 트였다. 갈라진 사방의 틈새에서, 이를테면 두 바람이 엇갈려 가는 공기 중에서나 돌의 입자가 햇빛에 반사될 때 주고받는 인사가 들려왔다. 개울의 물줄기는 바쁜 와중에도 내 안부를 물었고 포슬포슬한 흙 알갱이는 분주하게 움직이는 곤충과 균들의 합창을 들려주었다.

더이상 배꼽으로도 입술로도 말을 할 필요가 없었다.

나는 인간의 언어를 거의 잊어버렸다고 생각했다. 그래서 방송국 사람들이 찾아왔을 때 말을 알아들을 수 있어서 깜짝 놀랐다.

"갑자기 찾아와 놀라셨죠? 저희는 자연 속에서 사는 분들에게 삶의 지혜를 얻고자 하는 프로그램인데요. 제보를 받고 올라왔거든요. 이 산에 여자분이 계시다고 해서. 그동안 남자분은 많이 찍었는데 여자분은 드물어서 촬영에 응해주시면 좋겠어요."

자신을 '보조작가'라고 소개한 젊은 여자가 또래의 남자를 대동하고 내 집에 나타났다. 한꺼번에 쏟아지는 말들이 어지러웠다. 그들은 무례하지 않았지만 많은 질문을 던졌다.

"산에 오신 지 얼마나 되셨어요?"

십여년이 지난 다음부터 햇수를 세지 않아 알 수 없었다.

"뭐 해 드시고 살았어요?"

먹을 것은 지천으로 많았기 때문에 이 질문에는 더듬더듬 대답할 수 있었다.

"외롭지 않으셨어요?"

전혀 그렇지 않다고, 나는 목부와 많은 친구들이 있다고 말해주고 싶었다. 그러나 너무 긴 문장은 만들 수가 없었다.

한동안 이것저것 탐색하던 그들은 말 없는 내가 적합하지 않다고 판단했는지 건강하시라는 말을 남기고 돌아갔다. 가기 전에 젊은 여자가 나에게 작은 선물을 남겨주었다. "할머니, 참 고우세요"라는 말과 함께.

나는 빈집에 우두커니 앉아 있었다. 방송국 사람들이 말로 공기를 휘저어놓았기 때문에 방에는 적막이라는 것이 모처럼 돋아나 있었다. 말이 있다가 말이 사라진 자리가 낯설어서 내 집이 아닌 것 같았다.

느닷없이 괘종시계가 아홉번 울렸다. 생각날 때마다 태엽을 감아주었기 때문에 아무 때나 우는, 나처럼 고독하고 적당히 미쳐 있는 물건이었다.

종소리를 듣자 문득 구석에 놓여 있는 거울이 눈에 들어왔다. 여자가 주고 간 선물이었다. 거울은 나를 한꺼번에 늙게 하는 마법이었다. 더러 냇물에 비춰본 적은 있지만 자세히 본 적이 없었기 때문에 이렇게 늙었는지 모르고 있었다. 거울 안에는 남자인지 여자인지, 인간인지 동물인지 분간이 가지 않는 얼굴이 들어 있었다. 어느새 밖이 캄캄해졌지만 나는 목부를 만나러 가야겠다고 생각했다.

그는 늙어서 부러지기를 기다리는 것처럼 보였다. 밑동은 버섯으로 덮여 있고 껍질은 채찍을 맞은 것처럼 갈라졌으며 수없이 생겨난 구멍마다 거미줄로 덮여 있었다. 그래도 목부는 살아 있는 몇 개의 물관과 세포를 간직했다. 내가 다가가자 그만이 할 수 있는 친밀한 방식으로 인사를 건네는 것을 알 수 있었다.

나는 친구의 죽은 가지에 나뭇등걸처럼 변한 내 늙은 팔을 올려놓았다. 두 팔은 몹시 비슷해 보였다.

산 위로 별들이 총총 돋아났다. 우리는 나란히 서서 별들이 속삭이는 소리를 들었다. 지금껏 너무 멀어서 한번도 들어보지 못한 소리였다. 별들이 손에 잡힐 듯 다가왔다. 그러자 문득 잇몸이 시큼해졌다. 나는 아빠의 팔뚝을 물던 어린 시절처럼 별에게 물어보았다.

'깨물어도 돼?'

그러자 허공에서 웃음소리가 들려왔다. 그럼, 되고말고.

나는 조심스럽게 별의 연한 살을 깨물었다. 보동보동한 감각과 함께 입안에 달콤함이 고였다. 한번 시작하자 걷잡을 수 없이 갈망이 커져 양껏 별을 물어뜯었다. 그 살은 아파하지 않고 가만히 나를 내버려뒀다.

마침내 별에서 입을 뗀 순간 이빨이 모조리 빠졌다. 오랜 농이 터지기라도 한 듯 시원했다. 내 모습을 본 목부가 벙긋 웃었고 나뭇가지에 덮여 있던 거미줄이 부르르 떨렸다. 그러자 숲의 친구들이 따라 웃기 시작했다. 더이상 참지 못하고 나도 웃었다. 웃음소리가 말라붙은 배꼽과 입술과 음순과 귓구멍 콧구멍 땀구멍에서 쏟아지고 있었다.

웃으면서, 나는 목부의 갈라진 틈 사이로 영원히 빨려들어갔다.

상속

광화문 앞에는 오후의 햇살이 환하게 내리쬐고 있다.

진영은 강의가 늦게 끝나 이십분 후에 도착할 거라고 했다. 괜찮다는 답신을 보내고 자세를 느긋하게 고쳐 앉았다. 유리창 너머의 도시는 매끈하고 산뜻했으며 너무 젊다. 이 밝은 빛 속에서 나만 주름이고 얼룩인 듯 보여 마음이 편치 않다. 괜찮다고는 했지만 진영이 어서 도착해주었으면 싶다.

귀국하고 여러달이 지났지만 서울에 올라와 만난 것은 이번이 처음이다. 진영은 내가 수술을 받았다는 것과 환갑이 넘었다는 사실을 알고 있다. 그럼에도 눈이 마주치자 놀라는 기색을 감추지 못했다.

"세상에, 기주 언니가 백발이 됐네. 처음 만날 때는 노란 머리더니."

그랬다. 진영이 스물다섯, 내가 마흔아홉일 때 우리는 노란색과 파란색 머리를 가지고 있었다. 억눌려온 숨통이 트이자 나는 우울증과 공황장애 약을 버리고 귀를 뚫었다. 머리를 염색하고 찢어진 청바지와 요란한 후드티 같은 것들도 사 입었다. 마흔아홉은 내 평생 가장 재밌는 나이였다. 책은 좋아하지만 글 한줄 써본 적 없는 주제에 문학 아카데미에 등록한 것도 그런 선택 중 하나다.

수강생 중에서 내 나이가 가장 많았고 그다음은 진영이었다. 진영은 대학원을 중단하고 방황하고 있었다. 숫기 없이 소심한 얼굴에 머리카락만 새파랗게 염색한 진영은 촌스러웠고 중년에 장신구를 주렁주렁 매단 노란 머리의 나는 꼴불견이었을 것이다. 진영은 항상 내가 나이보다 젊어 보인다고 말한다. 깡마른 체구에 활활 타는 적개심 때문에 젊게 보인다는 것이다. 칭찬인지 조소인지 애매하지만 둘 다 아닐 것이다. 진영이나 나나 눈치 없이 정확하게 말하는 축이었다.

나는 덤덤하게 췌장암이 재발했다는 소식을 알렸다. 커피를 쭉 들이켜며.

"육개월에서 일년이라고요? 그런데 이러고 있어도 돼요? 언니, 커피는 왜 마셔요!"

진영은 소파에서 튕겨나오듯 얼굴을 들이밀고 화를 냈다.

"이 마당에 안 될 게 뭐 있겠어. 그보다 왜 그렇게 소리를 질러."

"치료는 어떻게 하기로 했어요? 누가 언니를 돌봐주고요?"

한참 설명한 후에 추궁에서 벗어날 수 있었다. 재발한 부위가 좋지 않아 항암을 포기하고 시골에서 지낼 거라고 하자 진영은 입술을 달싹이다 그만두었다. 수술 후 내가 얼마나 힘들어했는지 기억나는 모양이다.

이혼한 지 꽤 지났지만 그 애는 여전히 불안정해 보였다. 이혼은 잘한 결정이었다. 잘못된 것은 그 앞에 한 결정이다.

내 사촌 중에는 군대에서 문제를 일으키고 영창에 다녀온 이가 있다. 특전사 출신에 사격이며 훈련이며 뭐든 빼어나게 우수했다고 한다. 그런 그가 왜 상관을 때리고 감옥에 갔는지 지금도 알지 못한다. 남자들이 무용담처럼 군 생활의 추억을 늘어놓는 자리에서 그는 단 한번도 군대 얘기를 입에 올린 적이 없다. 정말로 지독한 일을 겪으면 그에 대해 입을 다물게 되는 법이다.

마찬가지로 진영 또한 자신의 결혼생활에 대해 함구했다. 시시콜콜 일상을 털어놓던 아이가 입도 떼기 싫을 만큼 끔찍했구나, 짐작할 뿐이다.

"글은 써지고?"

여전히,라고 말하더니 진영은 풀이 죽는다.

"이렇게까지 힘든데 고통이 글자로 변하지 않아서 화가 나요."

진영은 여전히 책 속 문장처럼 말하는 버릇이 있다. 이태 전 술에 취한 그녀가 국제전화를 걸어왔다. 엉엉 울면서 뭐라고 말은 하는데 알아들을 수가 없었다. 비행기로 아홉시간 떨어진 나라에서, 일하던 식당 아이스박스 뒤에서, 앞치마를 맨 채 동동거릴 뿐 해줄 수 있는 것은 아무것도 없었다.

"불행한 건 괜찮아요. 고통스러운 인간은 자기를 방어하기 위해서라도 생각에 매달리는 법이니까. 저는 언제나 불행을 숭상하는 마음이 있었어요. 어릴 때는 불행이 모자란 것 같아 불행했을 정도로."

"그만큼 네가 평탄하게 살아왔다는 소리지."

"막상 내 처지가 되고 보니 그런 개소리는 집어치우게 되더라고요."

나는 진영의 거칠어진 말결에 놀랐다. 그 날카로운 말들은 입고 있는 옷이나 살구색 립스틱을 바른 단정한 입술에도 어울리지 않았다.

오래된 대화법에 따라 진영이 떠들고 내가 듣기 시작했다. 요즘의 문제는 생각과 감정을 구분할 수 없다는 것이라고 했다. 분노는 분노로 된 생각일 때가 많았고, 생각을 파고들다보면 화가 치밀거나 눈물이 흘러나와 중단된다고 했다. 이렇게 정신없이 상태가 변하는 통에 그럴싸한 표현 하나 걸려들지 않고, 그저 주어진 일만 묵묵히 하는 나날이라는 것이다.

진영은 불행을 극복하기보다 거기에서 뭔가를 얻어내려고 애쓰고 있었다. 빌어먹게도 작가인 것이다. 작가로 변해버린 것이다. 그 애는 여전히 자신에게 몰두하는 일에서 벗어날 수 없었다.

"언니한테 문자를 받았을 때도 지하철에서 울고 있었어요. 좋아하는 음악을 들으며 책을 읽는데 발밑이 축축한 느낌이 들더라고요. 곧 울겠구나 싶었는데, 그 사람 많은 시청역에서 눈물이 터졌어요. 아, 지겨워요 정말."

"의논할 게 있어."

나는 진영의 치렁치렁한 말들을 적당히 자르고 용건을 꺼냈다.

"선생님이 남긴 책 말인데, 그걸 너한테 보내면 어떨까 싶다."

죽음을 선고받고 나니 의외로 마음이 차분했다. 췌장암 수술을 받았을 때부터 이 순간을 염두에 뒀기 때문일까. 내 평생 나쁜 예감은 대체로 들어맞았다. 그 점에서 카산드라의 씁쓸한 만족감을 알 것 같다. '그래, 이거구나.' 중병에 이어 죽음. 맞히기도 쉬운 예언이다.

별다른 재산도 일가붙이도 없는 인생이니 정리할 것도 많지 않을 것이었다. 그러다 문득 책들에 생각이 미쳤다.

'내가 죽으면 이 책들은 어떻게 하지?'

선생님의 유품은 6단짜리 책장 두개를 채울 정도지만 그간 사모은 책들까지 더하면 적지 않은 양이 될 것이다. 평생 의지해온 책들을 끼고 죽었다가 자칫 폐지로 버려지거나 헌책방으로 흘러들 우려가 있다.

"도서관으로 보내기에는 너무 낡았고 또 여기저기 갈라놓고 싶지도 않아서……"

진영에게서 아무 대답이 없자 나는 주섬주섬 그녀를 만나러 오게 된 경위를 늘어놓았다.

사실 가장 먼저 떠오른 사람은 독서 모임을 함께하는 멤버들이었다. 하지만 그들은 나와 비슷한 연배로 역시 노인들이다. 그러다 보니 '책을 좋아할뿐더러 가장 나이 차이가 많이 나는 지인'에게 보내는 것이 합당하다는 생각이 들었다.

"네가 내 나이에 죽는다 쳐도 한 이십년은 더 읽지 않겠어?"

"자꾸 죽는다 죽는다 소리 좀 하지 말아요, 노인네처럼."

진영은 내 입에서 죽음이라는 말이 나오는 게 불편한 기색이다. 화를 내는 형식으로 나를 아끼는 모습은 여전하다.

"집에 남는 공간이 좀 있어? 세어보니 대충 오백권쯤 돼. 이건 실리적인 문제야."

"심리적인 문제이기도 하고요. 선생님에 이어 언니까지…… 내가 그 책들을 보면 어떨 것 같아요?"

"나도 그 책들이랑 헤어지는 게 쉽지가 않아. 그래서 마지막으로 한번 더 눈뒤김 하고 보내려고 해. 한권씩 한권씩 작별하려고. 내 말은, 한꺼번에 보내지 않고 서너권씩 보낸다는 소리야. 죽기 전 계획으로 참신하지 않아?"

"언니도 참, 끝까지 괴짜 노릇이군요!"

진영은 짜증을 내면서도 웃고 있다. 계속 툴툴거렸지만 결국 내가 내미는 종이에 주소를 적어주었다.

"방학하면 내려갈게요. 그때까지 건강하셔야 해요."

밖으로 나오면서 진영은 내게 팔짱을 꼈다. 버스 정류장에 데려다줄 때까지 그 애는 내내 팔짱을 풀지 않았다.

*

기주 언니에게서 책이 오지 않은 지 일주일이 지났다.

전에도 이런 일이 없던 것은 아니다. 보름간 연락이 없더니 도스토옙스키 전집이 한꺼번에 들이닥친 적도 있다. 지금도 두꺼운 책과 작별하느라 공백이 길어진 거겠지,라고 생각하면서도 불안하게 서성인다. 두려웠다. 유서처럼 배달되는 이 책들이 어느날 그쳐버릴까봐.

가장 먼저 도착한 책은 『이반 일리치의 죽음』이었다. 음산한 유머 같기도 하고, 언니 입장에서는 얼른 치워버리고 싶은 책일 수도 있겠다 싶었다. 일부러 비워둔 책장에는 어느새 두줄 정도 책이 들어찼다.

죽은 자와 죽어가는 자의 권위에 힘입어 낡은 책들은 찬란했다. 박물관의 고대 항아리처럼. 유리관 너머의 관람객들이 하나씩 죽고 그들의 후손이 보러 올 때까지도 깨지지 않을 견고한 유물. 시간이 아무리 흘러가도 『백경』이나 『적과 흑』『백년의 고독』 같은 작품이 사라질 리 없으리라.

『안나 카레니나』를 펼쳐들고 유쾌한 속물 스테판의 고뇌를 보고 있으니 머릿속이 희미하게 밝아진다. 줄 친 부분이 나타나기를 기다리며 천천히 책장을 넘겼다. 소설이 멈춘 이래 지금이 가장 마음 편한 상태인 것 같다.

"어떤 책을 한창 재미있게 읽고 있는 도중에 나도 모르게 중얼거렸어. '여기서는 안전해.' 그러니까 왈칵 좋은 거야. '안전'이라는 말이 너무 정확해서. 바깥이 어떻게 돌아가든 책을 펼치고 문을 닫으면 보호받는 느낌이 들었어."

나에게 좋지 않은 일이 일어났을 때 언니는 이렇게 말해준 적이 있다.

나는 반에 한명씩 있는 전형적인 '문학소녀'였다. 청소년 때부터 글을 썼고 문예창작과에 진학했다. 반면 기주 언니는 고등학교도 검정고시로 마쳤고 십대 후반부터 줄곧 여러 일을 해왔다. 그런 사람이 손에 잡히는 대로 책을 읽어치운다는 것이 신기했다.

사실 책과는 상관없이 언니에게는 기품이 있었다. 자기 생계를 스스로 해결해온 사람 특유의, 자부심과 찌든 느낌이 동시에 나는 기품.

기주 언니의 남편은 자신의 실패와 대면하는 대신 아내에게 폭언을 일삼는 사람이었다. '흔한 스토리지.' 손찌검만 하지 않았을 뿐 언제나 조소와 비아냥, 욕설을 퍼부어댔다. 약하고 비열한, 약하니까 비열해진 인간이었다. 마침내 딸이 떠나고 남편이 죽은 다음에야 기주 언니는 자유로운 몸이 됐다. 을지로에서 천원짜리 노가리를 네개짼가 다섯개째 시켜 먹으며 들은 얘기다.

"왜 헤어지지 않았어요?" 이런 질문이 목구멍까지 밀려왔지만 다행히도 우리는 윌리엄 트레버를 읽고 있었다. 얼마나 많은 인간들이 부조리를 껴안고 사는지, 쓸쓸하고 고통스러운 삶에 붙들린 채 살아가는지 보아왔으니 말이다. 주말마다 머나먼 무도회장까지

자전거를 타고 가는 노처녀 브리다는? 진부한 삶을 끝내고 젊은 연인을 만나지만 결국 실패하는 노먼은? 우리가 트레버에게서 배운 것은 기주 언니가 남편과 헤어지지 못한 그 이유, 인간은 원치 않는 모순에 붙들린 채 살아간다는 것이다. 그들에게는 언니의 기품과 비슷한 온기가 배어 있다.

언니는 비관주의자다. 왜 아니겠는가. 하지만 언니처럼 투철한 비관주의자들은, 뭐든 의심하고 불운부터 확인하는 자들에게는 어떤 믿음이 있다. '잘 안 될 거야'라는 낙담에 이어 '거봐, 내 말이 맞지?'라는 의기양양함이다. 그런데 그 믿음에서 비롯된 묘한 낙관주의랄까, 그런 것이 줏대를 세워준다. 비관으로 둘러싸인 한 점의 낙관 덕분에 흔들림이 없는 것이다. 그런 사람에게는 나처럼 불안정한 사람이 들러붙기 마련이다.

뜻밖에 등단을 하고 한편씩 마감을 할 때마다 내 엄살은 심해졌는데 차마 누구에게도 보일 수 없는 수준이었다. 전화로 응석을 부리면 언니는 속 시원하게 야단쳐주고 다음 날 내 자취방에 반찬 몇 가지를 보냈다. 첫 책이 나오기 전까지 언니에게 혼나면서 얻어먹고, 그 힘으로 한편씩 퇴고를 했던 것 같다.

언니가 미국에서 돌아오면 해주고 싶은 것이 많았는데, 자기연민에 게을러진 나는 이번에도 또 받기만 하는 처지가 되고 말 것 같다.

*

나는 병이 주는 기척을 주의 깊게 살피며 하루하루를 보낸다.

많은 사람을 간병해왔지만 환자로서 나 자신을 돌보는 것은 신경 쓸 것이 더 많았다. 시간 맞춰 약을 먹고 텃밭에서 기른 채소를 갈아 마신다. 질서를 순환하는 것은 잘해낼 자신이 있다. 하지만 모든 것이 무르익은 그다음은 ── 솔직히 잘 그려지지 않는다.

매일 아침 작별할 책을 고르고, 하루나 이틀에 걸쳐 천천히 읽거나 건너뛰고, 다 읽은 책은 탁자 한쪽에 따로 두었다. '이번 생에서는 이 책과 마지막'이라는 생각 때문에 처음에는 굉장히 느리게 읽었지만 그러다가는 대부분의 책들을 건드리지 못할 것 같아 되는 대로 읽고 있다.

다 읽은 책을 포장해 시내의 우체국에 다녀올 때마다 뭔가를 처리하는 느낌이 들어 뿌듯하다. 사무적인, 일을 하는, 살아 있는 느낌 말이다. 우체국이라는 공공장소에 '볼일'이 있는 것도, 서류 봉투에 주소를 적어넣는 것도, 창구에서 접수를 하는 것도 모두 즐거운 의식이 되었다. 우체국이 아니라면 딱히 시내로 외출할 구실이 없기도 했다.

책들의 빈자리가 드러날 때마다 인생이 정리되는 듯한 실감이 든다. 서운하기도 했지만 그만큼 채워질 진영의 책장을 상상했다. 이렇게 있으면 죽음은 다음번 이사하는 장소 정도로 여겨진다. 조금씩 짐을 빼고 가벼운 상태가 되어 먼 길 떠날 채비를 하는 것이다.

무릎에서 책이 떨어지는 바람에 눈을 떴다. 의자에 앉은 채로 잠깐 잠이 든 모양이다. 방금 전까지 강의실에서 수업을 받고 있었는데 눈떠보니 블라인드가 덜컹거리고 있었다. 꿈이 너무 선명해서 오히려 눈앞의 집이 낯설었다. 나는 꿈이 끊어진 자리부터 복원하기 시작했다.

　리모델링이 끝나지 않은 건물 이층은 입구부터 어수선했다.

　엘리베이터 한쪽에 쌓여 있던 목재와 기자재, 배선을 드러낸 천장, 페인트칠을 하지 않은 복도를 지나 반만 유리로 된 문을 열고 들어가면 우리 선생님이 "꼭 야학 같지 않아요?"라고 말한 작은 강의실이 나온다.

　강의 첫날, 시간이 다 되어가는데 수강생은 다섯명뿐이었다. 자기들도 학생 수가 이렇게 적을 줄 몰랐다는 표정으로 드문드문 떨어져 앉는 것을 보니 아무래도 잘못 온 것 같았다. 사실 이 강의를 고른 이유는 하나다. 당장 들어갈 수 있고 마감이 되지 않은 강좌는 이것뿐이었으니까. 정시가 되자 자그마한 체구의 사람이 한명 더 들어왔다. 연단에 설 때까지 나는 그 사람이 강사일 거라고는 꿈에도 생각하지 못했다. 청바지 차림에 앳된 이십대의 얼굴을 한 강사는 메고 온 배낭에서 책을 꺼냈다.

　내 옆에 앉은 사람이 슬쩍 책을 펼쳐 책날개 속 저자 사진과 눈앞의 강사를 맞춰보고 있었다. '유명한 작가는 아닌가보네.' 속으로 그렇게 생각했다. 나중에 그 책은 작가의 이른 죽음으로 완전히 다른 위상을 갖게 된다.

선생은 체구가 작았다. 창백한 이마에 눈과 입이 작았다. 손동작이 굉장히 많았는데, 말이 장황해질수록 두 손은 지휘를 하듯 허공을 저었다.

연단에 선 선생님은 전학생이 자기소개를 하는 것처럼 어색하게 인사를 했다. 안녕하세요, 반갑습니다. 여러분 중에는 글 쓰는 선생님을 여러번 겪은 분들도 있겠지만, 저는 난생처음으로 강의란 걸 해봅니다. 우선 제가 준비한 프린트물을 나눠드리겠습니다. 여기까지 말하는데도 숨이 찬 기색이었다. 여차하면 환불을 해야겠구나 생각하며 인쇄물을 받았다.

슈테판 츠바이크의『감정의 혼란』중 일부를 복사한 것이었다. 인물의 열정적인 연설의 몇군데에는 밑줄이 쳐져 있었다.

"그 황홀의 유일한 순간, 그것은 모든 국민생활에 있어서 영원으로 향하기 위해 온 힘을 집중시켜 급작스럽게 터져나오는 순간이었습니다. 그 시대, 돌연 이 지구가 넓어지고, 신대륙이 발견되고, 옛 대륙의 가장 낡은 세력, 즉 법왕의 세력이 바야흐로 허물어져가는 시대입니다.

하룻밤 사이에 그 이야기를 하는 사람들, 즉 시인들이 오십명이고 백명이고 생겨났습니다. 그들의 작품 속에서는 아직도 열렬한 피의 굶주림이 있는 것입니다. 어떤 것이고 표현되는 것이 허용되었습니다. 근친상간, 살인, 폭행, 범죄, 일체의 인간적인 한계 없는 소동들이 격렬한 난물을 뿜냈습니다. 그것은 오십년이나 계속되었습니다. 그것은 하나의 대출혈이었고 사정이었으며 단 한번만 가능한 광증이지만, 전 세계를 동물의 발톱으로 찢어놓은 것이었습니다."

"그 힘의 난무 속에는 하나하나의 목소리라든가 한 사람의 인물이 느껴지지 않았습니다. 서로가 상대방을 열광시키고 서로 배우고 서로 훔치고 서로 상대방을 이기려고 싸웠지만, 결국 모든 것은 단 한번의 잔치 속에 정신적인 투사였을 뿐이요, 쇠사슬 풀린 노예가 그 시대의 정신에 의해 채찍질을 받고 뛰어간 것에 지나지 않았습니다."

"모두가 시민답지 않은 존재였으며 깡패, 뚜쟁이, 어릿광대, 사기꾼이었지만 동시에 시인이었습니다. 시인, 시인, 모두가 시인이었지요. 셰익스피어는 그들의 중심이었으며 '시대 그 자체와 시대의 육체'를 나타내는 것에 지나지 않았습니다."

"젊은 사람들을 진실로 젊게 만드는 셰익스피어, 우선 감격하고, 그다음에 공부하는 것입니다. 우선 그 사람, 그 최고의 사람, 극한의 그 사람, 셰익스피어를 연구하시오. 그리하여 전 세계의 가장 빛나는 정수를 규명하시오."

선생은 '우선 감격하고, 그다음에 공부한다'는 대목은 힘을 주어 두번 읽었다. 스마트폰으로 검색해봤더니 절판 도서였다. 절판이라는 위엄이 더해져 반드시 책을 손에 넣어야겠다고 결심했다.

"소설을 어떻게 쓰는 건지는 저도 잘 모릅니다. 여기에 서 있지만 저는 작가라고 할 수 없습니다. '작가가 되어가는 중'이라고 말하는 게 정확한 표현일 겁니다. 요즘 들어 그런 생각이 듭니다. 재능은 일종의 스피드가 아닌가 하는. 대표작까지 도착하는 속도가 좀더 빠른 사람도 있고 상대적으로 더딘 사람도 있겠지요.

중요한 건 속도가 아니라 작품이죠. 저는 비교적 빨리 등단해 책을 냈고 소설로는 먹고살 수 없기 때문에 이 자리에 섰습니다. 그러나 정직하게 말하자면 창작을 하는 한 여러분과 제가 크게 다른 입장은 아닙니다.

따라서 제가 뭘 가르칠 수는 없을 겁니다. 소설은 일종의 번역입니다. 나의 인식이 더해진 세계에 대한 번역. 그런 인식은 차가운 지성으로 이루어지는 것이 아니에요. 완전히 압도당하고 사로잡혀 포로가 되는, 그런 경험이 필요해요. 우리에겐 격렬함이 필요해요. 플롯이니 문장이니 하는 건 집어치우고 이것부터 시작하자고요. 한번이라도 이 뜨거움에 데이는 게 목표입니다. 그럴 수 있으면 좋겠군요. 그래야 저 스스로 사기꾼처럼 여겨지지 않을 테니까요."

나는 그녀를 '구경'하고 있었다. 작가 구경. 어쩌면 그게 아카데미에 등록하는 가장 큰 이유인지도 모른다. 작가라는 사람이 어떻게 생겼고 어떤 방식으로 말을 하는지 구경하고 싶은 마음에 돈을 내고 아카데미에 등록한 것이다. 그러니까 일종의 토템 같은 것이다. 이미 그 세계에 속한 자와 접촉함으로써 문학의 가장자리라도 만져보고 싶은.

선생은 초반의 긴장에서 완전히 벗어나 있었다. 부담스러울 만큼 감정을 드러낸 채 생각에 몰두해 있었는데, 우리라는 청중의 귀를 이용해 자기의 생각을 진전시키기 위한 것이 아닌가 싶다.

마흔아홉까지 나에게 그런 순간은 단 한번도 없었다. 츠바이크와 그의 주인공, 그걸 읽는 선생님의 감정까지 한꺼번에 통과하는 것 같았다. 몇백년 전의 세계가 가볍게 시간을 넘어 눈앞에 펼쳐지자 아찔한 기분이 들었다. 나는 물을 빨아들이는 탈지면처럼 강사의 말을 흡수했다.

다섯명의 수강생 중에서 세명은 선생님의 강의를 일년 내내 들었다. 나와 진영, 회사원인 정훈씨가 그랬다. 진영도 그랬지만 정훈씨도 글을 참 잘 썼다. 일이 바빠 자주 빠지면서도 매번 등록을 했는데, 「야근」이 제목인 자기 소설 합평 시간에 정작 야근을 하느라 결석한 비운의 주인공이기도 했다. 나에 비해 두 사람은 확실히 소설이라는 꼴을 갖춘 작품을 내놓았다.

방학이 되자 수강생은 더 많아졌다. 이제 막 회사를 그만둔 사람, 시나리오를 쓰던 사람, 화가, 학원 강사, 음반회사 직원, 군대를 전역했거나 입대를 앞둔 남학생들, 대학생, 대학원생, 대학 조교 등등.

마침내 정원을 꽉 채웠을 때, 가게를 오픈하고 처음으로 손님으로 가득 찬 식당을 바라보는 주인처럼 내가 다 뿌듯한 마음이 들었다.

*

유난히 지각생이 많은 수요일 2교시다. 더러 늦는 학생도 있었지만 오늘처럼 많기는 처음이다. 자잘한 문제점도 발견된다. 양면인쇄를 맡겼는데 조교가 앞면만 프린트를 해놓았다. 시작부터 좋지않던 수업은 집중력을 잃고 학생들의 주의는 점점 흩어져버린다.

이런 수업을 마치면 '졌다'는 생각이 든다. 무엇에 졌는지는 모르지만 아무튼 패배감이 드는 것이다. 작가로서 회전하지 않는 동안 강의라고 싱싱할 수 있을까. 나는 지치고 냉소적이고 불꽃을 잃어가는 중이었다. '겁먹은 영혼의 작가, 이것은 자격 상실을 의미합니다.' 미하일 조셴코의 말이 떠올랐다.

집으로 돌아와 샤워를 하고 카페로 간다. 할 일이 쌓여 있지만 우선 빈둥거린다. 집에서도 빈둥거리지만 카페에 나와 빈둥거리는 것이야말로 진짜로 게으름을 부리는 것처럼 여겨진다. 낭비의 호사스러움이 느껴진다는 뜻이다.

두어시간 웹서핑을 하고 난 다음에야 학생들의 습작을 꺼낸다. 더미, 이것은 **꿈의 더미**들이다. 몇페이지를 들추기도 전에 과녁이 정확치 않아 빗나간 화살들이 발밑에 수북하게 쌓인다. 그럼에도 빛나는 구석들은 하나씩 품고 있다. 명랑하게 반짝이거나, 상황에 딱 들어맞는 대사가 나온다거나, 플롯 자체는 진부하지만 감각이 좋다거나…… 이런 식으로 조그마한 장점들은 지니고 있는 것이다.

선생님에게 배운 대로 나는 그 장점을 꺼내 확대할 것이다. '합평작이 후졌다고 내 수업까지 후질 순 없잖아요.' 선생님은 오만할 만큼 솔직하게 털어놓은 적이 있다. 기주 언니와 재회한 후부터 자꾸만 그 시절의 기억이 떠오른다. 학생들의 습작을 읽다보니 언니의 마지막 소설도 스멀스멀 생각이 난다.

폭력적인 연인에게 질질 끌려다니는 여자가 우연히 두 아이를 데리고 있는 세련된 차림의 여자와 마주친다. 아이의 작은 실수로 말미암아 그들은 십분 정도 대화를 나누게 된다. 소설은 이 부드러운 세계가 얼마나 파괴적인 힘을 가졌는지에 초점을 맞추고 있다. 폭력과 고함이 없고 마찰이 없는 부드러운 삶. 주인공은 자신의 어머니를 떠올리며 '가난한 부드러움'과 '부유한 부드러움'이 있다고 생각한다. 가난한 부드러움은 정말 귀한 것이고 그녀도 잘 아는 것이다. 그러나 부유한 부드러움은 그녀로서는 짐작할 수 없는, 일종의 신비함이다. 편견과 과시가 없고 냉정한 예의 바름으로 거리를 벌려놓는 것도 아닌 그저 부드럽기만 한 기운이 주인공에게 파괴적인 힘을 행사한다.

접촉만으로 그녀는 불현듯 깨달아버렸다. 일상이 거칠거나 조야하지 않다는 것. 폭력과 긴장이 밴 형태가 아닐 수 있다는 당연한 사실을 인지한 것이다. 그 바탕 위에서 본격적인 사건이 벌어진다.

기주 언니는 변변찮고 나약한 사람들이 결국 무너지는 순간을 잘 썼다. 돈과 일은 중요하게 다뤄진다. 무슨 일을 해서 얼마나 받았는지 시시콜콜 적어놓는 바람에 초창기에는 그 점을 늘 지적받았다. 하지만 마지막 소설에서는 그간 고수해온 윤리 ─ 가난한 사람이 더 우월하다는 식의 ─ 에서 완전히 탈피해 있었다. 특히 마지막 장면이 좋았다. 현실에서 검은 건반 하나 정도 올라간 이미지가 소설 전체의 고도를 단번에 상승시켰다.

"박기주 씨는 무슨 일을 하시죠?"

수업이 끝나고 우연히 지하철역까지 같이 걷게 된 선생님이 불쑥 물어왔다. 지금껏 선생님은 나이와 직업을 무시하고 강의를 했기 때문에 좀 의외였다. 언니가 턱을 약간 치켜세우고 답했다.

"반찬가게 나가는데요. 재래시장은 아니고 동네 마트에서요."

"몇시에 끝나요?"

"저녁반과 교대하면 다섯시쯤 되죠. 그래서 평일 저녁 강의에 올 수 있는 거고요."

선생은 진지한 표정으로 고개를 끄덕였다.

"그러면 하루에 대여섯시간은 쓸 수 있는 거네요."

언니는 기분이 상한 것 같았지만 선생님은 덤덤했다. 나는 표정 관리를 하느라 애쓰고 있었다. 대학원까지 줄곧 학교에만 적을 둔 나에게 기주 언니는 '삶' 혹은 '인생'이라는 제목의 두꺼운 책 같은 사람이었다. 맵고 짠 장아찌나 눅눅해진 호박전, 멸치볶음과 콩자반과 포기김치, 그리고 '마트'라는 무대와 드센 상인들이 단번에 떠올랐고 그 배경 속에 기주 언니를 세워보니 과연 잘 어울렸다.

언니는 디킨스풍 작가군을 연상케 했다. 바닥에서 삶을 관찰하고 거리에서 언어를 주워오는, 증언하고 싶은 경험 때문에 글쓰기를 시작하게 되는 작가들 말이다.

"기주씨는 이번 작품으로 완전히 이륙했어요. 내가 할 일은 활주로 끝에 서서 높이 나는 비행기를 향해 손을 흔들어주는 것뿐이에요. 열심히 쓰셨으면 좋겠습니다. 언젠가 나올 박기주 씨 책의 첫번째 독자가 되어줄게요."

언니의 얼굴에는 방어적인 적개심이 가득했다. 뜻밖의 인정을 받았지만 쉽게 인정하지 않겠다는 듯 묘한 태도였다. (하지만 겉모습만 이랬지 속으로는 심장이 터질 뻔했다고 나중에 털어놓았다. '선생님이 읽어주시는 한 죽을 때까지 쓸 거야.' 이런 맹세를 덧붙여 말이다.) 나는 부러워서 죽을 지경이었다. 매끄러운 내 소설이 더 낫다고 생각했는데 언니는 내가 들어보지 못한 인정을 받고 있지 않은가.

지금 생각하면 기묘한 조합이다. 자기 나이의 절반 정도 되는 선생의 칭찬을 받아 얼굴이 벌게진 중년 여자, 그 여자를 머리를 쓰지 않는 천재 취급하며 진지하게 헌신할 것을 종용하는 어린 선생.

그때 선생은 이십대 중반이었다. 강의를 해보니 이런 식으로 학생에게 희망을 주는 것은 대단히 위험한 일이다. 낼모레면 쉰살이 될 기주 언니에게 어쩌면 주제넘고 배려 없는 짓이 아니었을까.

생각이 산불처럼 번지자 나는 아예 일거리를 한쪽으로 밀쳐두고 턱을 괸다. 선생님이나 기주 언니 같은 사람들에게 재능은 왜 있는 것일까?

선생님은 주목받는 유망주였지만 첫 책을 낸 지 이년도 되지 않아 세상을 떠났다. 가슴에 품은 수많은 이야기들은 밖으로 나갈 기회를 못 찾은 새처럼 선생님과 영원히 봉인되어버렸다. 기주 언니의 재능은 분명했지만 나이도 환경도 받쳐주지 않았다. 선생님이 돌아가신 이듬해 가출한 딸이 돌아와 보상을 요구했고, 밑 빠진 독에 물을 붓는 날들이 시작됐으니까. 이륙하는 데 성공한 언니의 비행기는 마침표를 찍지 못한 채 영원히 허공에서 맴돌고 있다.

참으로 잔인하고 신비로운 일이 아닌가. 아무리 참담한 슬럼가에도 글을 쓰고 음악을 만드는 아이들이 태어난다. 인구가 많으면 그중 몇 퍼센트에게는 반드시 예술적 재능이 발현된다. 재능이 삶을 낫게 만들어주지도 않고, 삶 쪽에서는 재능을 펼칠 기회를 주지도 않으면서 퍼부어주는 것이다. 이런 재능은 대체 왜 존재하는 것일까?

작가들은 문운(文運)이라는 말을 자주 쓴다. 기주 언니와 선생님을 떠올리면 작가가 글을 쓸 때 적당한 상태를 누리는 것 자체가 문운이다. 범선의 뒤에서 불어오는 바람처럼 돛을 팽팽하게 만들고 다음 소설로 나아갈 수 있게 도와주는 바람.

그런 의미에서 나처럼 문운이 좋은 사람도 없는 것 같다. 내가 있는 온실은 춥거나 덥지도, 습하지도 않다. 나는 가난하거나 아프지도 않고 이제는 이 가벼움을 묵직하게 가라앉혀줄 불행마저 겪었다.

그런데도 왜 멈춰버린 것일까.

*

이번 주 내내 밑줄이 쳐진 문장을 노트에 옮겨 적으면서 보냈다. 밑줄에 그치지 않고 괄호로 묶어놓은 부분은 특히 눈길이 갔다.

'지성의 혼란에 멍들지 않는 순수 의지' '이따금 폭발하는 기계' '물을 주면 자라기 마련이다' '해바라기의 노란 애도'라는 대목은 문장 중간 부분에 괄호로 묶여 있다. 저자의 열렬한 목소리 아래 선생님의 음성이 희미하게 들려오는 듯하다.

'기억의 감광판에 어떤 이미지가 찍히는가의 여부는 거기에 필요한 조명에 달려 있다'라는 문장 옆에는 포스트잇이 붙어 있다. 연필로 쓴 메모가 뭉개져서 판독이 불분명하지만 '벤야민 카페'라는 곳에서 이 책을 만나 누구누구와 함께 읽었다는 내용 같다. 영수증도 하나 나왔다. 던킨도너츠 영수증 뒤에 누군가의 이메일과 전화번호가 적혀 있다. 나는 따로 모아두는 상자에 영수증과 포스트잇을 담았다.

나의 감광판에는 수업 후 자주 가던 호프집의 네온 간판, 네종류의 스낵이 담긴 기본 안주 접시, 술과 몽상을 나눠 마시던 여름밤의 술자리가 찍혀 있을 것이다.

선생님이 준비해온 다양한 텍스트도 좋았지만 비판과 아이디어가 섞이는 합평 시간은 더욱 흥미로웠다. 비유하자면 이렇다. 선생님이 원 한가운데에 모닥불을 피워놓으면 수강생들이 각자의 나뭇가지를 집어넣어 불을 크게 살리는 식이었다. 누군가 무심결에 찔러넣은 나뭇가지가 불길을 크게 키웠고, 때로 젖은 장작을 집어넣은 이도 있어 유머 섞인 야유를 받기도 했다. 모닥불이 커져갈수록 무거운 혀들이 풀려나갔다. 진지한 말들의 무대를 구경하는 것이 좋았고, 그 속에 뛰어드는 순간도 좋았다.

별 볼 일 없는 습작생들이지만 우리는 좋은 시절을 보내고 있었다. 소설을 쓸 수 있고, 어쩌면 좀더 잘 쓸 수 있을지도 모른다며 기대할 때, "여기서 이 점을 보완하고……" "이 이야기는 이것에 대한 이야기로 발전할 수 있을 것 같은데……"와 같은 말들을 주고받을 때, 희망에 절망의 물감을 더 많이 섞어 캄캄한 백지를 걸어갈 때, 이 시간은 명백히 좋은 시절이다. 곧 지나갈 좋은 시절.

선생님은 팔주짜리 강의에서 만난 사람들의 관계를 '시절인연'이라고 불렀다. 두달 후 영원히 보지 못할 사람도 있지만 그럼에도 귀하지 않은 것은 아니었다.

사람들이 들고 나가면서 매 강좌마다 봄은 봄대로, 여름은 여름대로 강의실 분위기가 매번 달라지는 것도 신기했다. 어느 때에는 의기소침한 사람들이 차분하게 절망을 나누고, 어느 때에는 활달한 사람들이 너도나도 말을 못해 안달일 때가 있다. 가장 좋은 점은 그곳에는 생활의 냄새가 배어 있지 않다는 것이었다.

언제부터 내가 뒤풀이에 끼었는지는 기억이 나지 않는다. 처음에는 수업이 끝나자마자 칼같이 빠져나갔는데 어느덧 술자리 말석에 앉아 사람들의 이야기를 듣고 있었다. 그처럼 맛있는 맥주도, 그처럼 맛있는 치킨도 내 평생 다시없었다. 생각보다 다들 내 나이에 신경 쓰지 않았기 때문에 두려움을 무릎 위에 내려놓을 수 있었다.

다음번 '이사'의 순간에 이 기억이 생생한 꿈처럼 찾아오기를 나는 바란다. 무슨 글을 썼는지도 희미해진 지금 내가 가져가고 싶은 단 한권의 책은 그 여름뿐이다.

*

"언니, 나 시원한 거."

"냉장고 열어봐. 오미자랑 식혜 있는데 먹고 싶은 거 먹어."

방학이 되자마자 나는 큰언니네 집에 놀러 오는 막냇동생처럼 기주 언니네 집으로 내려왔다. 겉으로는 에어컨이 고장 나서 집에 못 붙어 있겠다고 했지만 조바심을 감추기 위해 둘러댄 말이었다. 전화를 할 때마다 언니의 목소리에서 힘이 빠지고 있었다. 지금 이 순간에도 언니의 몸속에서는 종양이 자라나고 있을 것이다.

따지고 보면 우리가 좋은 시절이라고 회상하는 그때에도 종양은 우리와 함께였다. 선생님의 몸속에서 우리가 읽고 듣고 쓰고 꿈꾸고 떠드는 모든 것을 지켜보았으리라. 선생님의 병은 '교모세포종'이라고 하는, 나로서는 처음 들어보는 악성뇌종양이었다. 잘라내는 것밖에 치료 방법이 없다는데, 그것이 뇌 부위다. 완전히 제거하면 운동신경이나 언어중추를 건드릴 수 있어 어느 정도 놔두고 수술하는 방법밖에 없다. 당연히 재발률이 높다.

언니는 첫번째 병문안 이후 자주 병원에 들렀다. 언니는 갑자기 닥친 사고가 만성적인 고통으로 들러붙는 상황에 대해 잘 알고 있었다. 또 스무가지쯤 거쳐간 직업 중에는 간병인 노릇도 있다. 선생님에게 가족이라고는 아버지밖에 없는데, 아버지는 외동딸의 치료비를 대기 위해 자주 들를 수 없는 상황인 터라 언니의 도움을 거절하지 않았다.

딱 한번 선생님이 입원해 있는 병원에 간 적이 있다. 선생님은 검사실로 이동해 침대가 비어 있는 상태였다. 좀 어떠냐는 질문에 언니는 촘촘하게 쓴 다이어리를 내밀었다.

'산책할 때 다리에 힘이 빠져 걷지 못함.'

'오후에 혼수상태. 저녁에 죽 한그릇 먹음.'

'잠들지 못하고 끊임없이 말을 하지만 알아들을 수가 없음. 진정제 처방.'

'깨어남.'

'섬망, 음식 거부.'

'산소 호흡.'

그 글자 속에 들어 있는 선생님은 도저히 상상이 되지 않았다.

한참 후에 돌아온 선생님은 예상보다 더 참혹한 모습이었다. 민머리에 말은 어눌했고 어린아이와 노인을 합쳐놓은 것 같은 형상이었다. 그 앙상한 폐허에서 선생님을 추출해내기란 쉽지 않았다. 그것은 꼭 죽음 자체를 바라보는 일 같았다. 진영이 왔어요,라고 언니가 말하자 선생님은 힘없이 고개를 끄덕이더니 지친 듯 침대에 누웠다.

기주 언니는 선생님의 옷을 바로잡아주고 수면 양말을 새로 신긴 다음 이불을 덮어주었다. 그들은 이상한 이인조였다. 어린 스승과 나이 많은 제자에서 이제는 엄마와 딸처럼 역할이 바뀌어 있었다. 언니는 피곤해 보였지만 자기만족적인 미소를 짓고 있다. 교실

안에서 올려다보기만 하던 선생님을 지금은 자기 품 안에서 돌보고 있는 형국이다. 사라진 딸의 자리에 죽어가는 선생님이 대신 들어 있는 모습이랄까. 두 사람의 모습은 다정하지만 기괴했고, 서글프지만 아름답기도 했다.

선의임이 분명한 언니의 헌신에 나는 이상한 주해를 달고 있었다. 언젠가 이들에 대한 글을 쓰게 되리라는 예감이 들었고 부지불식간에 과도한 의미 부여를 하고 있는 것이다. 이런 순간에 나는 진저리가 쳐진다. 살아 있는 인간을 종이로 불러올 생각을 하는 자가 갖게 되는 수치심. 내 펜은 이렇게나 무거운데 말이다.

"다 먹었으면 이리 와줄래?"

건넌방에서 부르는 목소리에 상념에서 깨어났다. 책장의 책들이 바닥으로 끌려나와 스무권씩 노끈으로 묶여 있다. 작은 단을 이루는 책들로 방 안이 빼곡하다.

"어차피 다 읽지는 못할 것 같아. 선생님 책은 따로 챙겨놨고, 내 책 중에서 네가 가진 책이랑 겹치는 건 두고 가. 너 있을 때 싹 정리해둬야겠다."

"급할 거 없잖아. 천천히 읽고 주면 되지."

"다음 달부터 요양병원 들어가기로 했어. 통증이 심해지면 호스피스 병동으로 옮길 거고…… 이제 준비해야지."

언니는 병원 가기 전에 너랑 며칠 지내게 되어 참 좋았다고 덧붙였다. 발밑이 축축한 기분이 든다. 눈물이 시작될 전조. 나는 얼른 고개를 숙이고 맨 위에 있는 책을 펼쳐보는 척했다. 언니도 내 기분을 헤아렸는지 천천히 살펴보라며 방을 나갔다.

　책들 사이에 주저앉아 한참을 울었다. 당사자는 의연한데 내가 우는 건 용서할 수 없는 일이다. 눈물을 막기 위한 활자가 필요했기 때문에 선생님의 유품 중에 하나를 뽑아 들었다. 다자이 오사무의『사양』이었다.

　글줄을 읽어나가다가 연필로 줄 친 흔적을 발견했다. 조금 더 읽다보니 연한 노란색 색연필로 친 줄이 보였다. 연필은 선생님, 노란색연필은 기주 언니가 친 부분일 것이다. 되도록 눈에 띄지 않게 하려고 가장 연한 색깔을 골랐을 것이 뻔했다.

　연필과 색연필이 겹쳐진 첫번째 문장을 소리 내어 읽어보았다.

　'행복은 비애의 강바닥에 가라앉아 희미하게 빛나는 사금 같은 것이 아닐까.'

　두 사람의 화음이 들려오는 듯했다.

　기주 언니네 집에서 자는 마지막 밤에 나는 꿈을 꾸었다.

　꿈속에서 기차를 타고 어디론가 가고 있었다. 창밖은 인도나 티베트고원 같은 허허벌판이다. 밤에서 새벽으로 향하는 시간, 장거리 기차 여행에 지친 승객들은 깊은 잠에 빠져 있다. 내 손에는 펜과 학생들의 습작이 들려 있다. 꿈속에조차 일거리를 가지고 들어간 모양이다.

　기차가 덜컹이는 진동에 맞춰 사람들의 머리가 조금씩 움직이는 것을 멍하니 바라보며 생각에 잠겼다. 모든 사람이 잠들어 있는 가운데 홀로 깨어 있으면 예기치 않은 집중을 얻게 되는 법이다.

승객들의 잠이 만들어낸 고요 속에서 밤은 점점 옅어지고 있었다. 그때 지평선 너머로 희미한 무언가가 나타났다. 일렬로 줄을 지은 사람들이었다. 손에는 크고 작은 항아리를 들고 있다. '오줌 항아리야.' 누군가 그렇게 말했다. '별수 있나. 장거리 여행이니까.' 기차는 정차하고 잠들었던 사람들은 비틀거리면서 일어나 항아리를 든 사람들에게 걸어간다. 걸어서, 그냥 사라진다.

청회색 베일이 내려오고 정신을 차려보니 기차 안에는 나 혼자뿐이다. 꿈속이지만 꿈이라는 것을 인식한다. 이런 순간은 모호하다. 꿈에서 깨어나기 시작한 것인지, 꿈에서 꿈을 지어내는 것인지 알 수 없으니 말이다. 여하튼 나는 의식과 무의식의 중간쯤에 기주 언니가 뒤척이는 소리를 들었다. 그러다 다시 기차 좌석 깊숙이 몸을 파묻었다.

창밖으로 아침이 시작되고 있었다. 다시, 지평선 너머로 어떤 형상이 모습을 드러낸다. 항아리, 이번에도 항아리다. 오벨리스크만큼이나 거대한 항아리도 있고 내 무릎께에 올 만큼 작은 항아리도 있다. 크고 작고 얇고 뚱뚱한 수없이 다양한 항아리들이 줄지어 서 있다. 사람은 아무도 보이지 않았다.

태양 빛이 항아리 표면에 닿자 이상한 일이 벌어진다. 빛이 날카로운 투석처럼 항아리들을 깨뜨리기 시작한 것이다. 빛이 솟구쳐 올라올 때마다 항아리들은 비명 소리를 내며 부서졌다. 깨지고, 깨

지고, 깨져나간다. 기차가 멈출 때까지 남아 있는 항아리는 거의 없을 지경이었다.

문이 열리고 유일한 승객인 내가 내린다.

태양은 이제 하늘 정중앙에 박혀 있다. 나는 누런 흙을 밟으며 항아리들의 잔해에 다가갔다. 깨지지 않은 첫번째 항아리에 다가가 손으로 쓸어본 순간 갑자기 모든 것이 자명해진다. 이것은 도스토옙스키다. 이것은 톨스토이다. 이것은 발자크, 나보코프, 플로베르이며 카프카이자 마르케스다. 이것은 선생님의 유품이다. 선생님과 기주 언니가 그어놓은 밑줄이 항아리에 새겨져 빛이 닿을 때마다 문양처럼 반짝이지 않는가. 가장 최근에 독자가 된 사람이 죽고 난 다음에도 사라지지 않을 항아리들이다.

나는 손차양으로 빛을 가리며 항아리 사이를 터벅터벅 걸어다녔다. 자세히 살펴보았을 때 빛은 비단 항아리에서만 나오는 것이 아니었다.

발밑에 채는 무수한 파편들, 사금파리의 연약한 미광, 빛은 거기에서도 나왔다. 일찍 죽은 천재가 쓰지 못한 다음 책, 세월을 통과하지 못한 세태소설, 잔업에 지친 회사원이 마침표를 찍지 못한 「야근」이라는 제목의 소설과 대학생 습작품 속 뜻밖의 좋은 두 문장, 요컨대 성공을 거두지 못한 모든 소설의 잔해가 거기 있었다. 모래보다 작고 반딧불보다 약한 빛의 입자가 대지 위에 빛무리를 이루었다. 그 빛을 반사하며 깨지지 않는 항아리는 더욱 단단해지고 있었다. 나는 파편 하나를 주워 거기 적힌 단어를 읽었다. 그러

자 빈집에 울리는 초인종 소리처럼 쓸쓸하면서도 다정한 기분이
들었다.

'에메랄드를 혀 밑에 넣으면 진실만 말하게 된대.'

보석 밀수꾼 이야기를 쓰던 누군가가 나에게 이런 말을 한 적이
있다. 내가 이 보석을 삼키면 저 무거운 펜을 일으켜세울 수 있을
까. 이야기들이 다시 돌아와줄까.

종이를 찾기 위해 나는 꿈의 밖으로 걸어나갔다.

마
젤

그녀는 한밤중에 자기 눈물에 놀라 깨어났다.

신혼여행 중이었다. 무엇이 잘못됐던 것일까? 사랑스러운 연인이던 그는 폭군으로 변해버렸다. 수모를 주고, 공격을 하고, 모멸에찬 언사를 늘어놓으며 아내를 몰아세우는 열이틀간 남편은 잔인한즐거움을 마음껏 들이마시는 듯했다. 혼란에 빠진 그녀는 공항에서, 야간 기차에서, 사거리의 신호등 아래에서 몰래몰래 눈물을 흘렸지만 자정에 깨어난 오늘처럼 멈추지 않는 눈물은 처음이었다.

그녀는 축축한 베개에서 얼굴을 떼고 몸을 일으켰다. 높은 천장, 창문에 흔들리는 하얀 커튼, 나란히 놓인 두 사람의 여행 가방……부지불식간에 탄식이 입술에서 새어나왔다.

'또다시 여기구나.'

그녀를 고통스럽게 만드는 사람의 옆자리밖에, 그 좁은 침대밖에 자신이 머물 곳이 없다는 사실이 믿어지지 않았다. 게다가 이 자리는 익숙했다. 무서운 엄마의 옆자리, 그녀를 착취하던 룸메이트의 옆자리, 모든 것을 빼앗아간 첫사랑의 옆자리, 번번이 그랬다. 믿어지지 않을 만큼 익숙한 패턴이었다. 숨죽여 우는 지긋지긋한 슬픔 또한 그랬다. 늘 달아났다고 생각한 순간 그녀를 가로막는 높은 등이 나타났다. 앞면은 바뀌어도 뒷면에는 항상 열두살의 그녀가, 스무살의 그녀가, 스물다섯살의 그녀가 한결같이 눈물을 흘리고 있었다. 정확하게 같은 공간으로 돌아왔다는 자각이 들자, 견딜 수 없어진 그녀는 방문을 열고 밖으로 나왔다.

복도에는 아무도 없었다. 새벽 한시. 야광 시곗바늘이 뾰족하게 알려주는 어두운 시간에 깨어 있는 동물은 오직 그녀밖에 없는 듯했다. 그녀는 다친 사람처럼 발을 질질 끌면서 가운데가 뚫린 네모난 복도를 배회했다. 일층의 중정 한가운데 심긴 오렌지 나무가 눈에 들어오자 '여기서 떨어지면 어떨까' 하는 생각이 저절로 들었다. 피 흘리는 자신의 시체, 후회와 공포로 울부짖는 남편의 모습이 그녀의 머릿속에 달콤한 독처럼 부어졌다. 투신 장면이 거듭되자 스스로가 무서워 머리를 흔들었다. 결국 그녀는 돌아올 수밖에 없었다. 낯설고 어두운 도시에서 그녀가 돌아갈 곳은 남편의 옆자리밖에 없었다.

방문을 열자 열대우림처럼 후텁지근한 실내 공기가 훅 끼쳐왔다. 그녀의 폭군은 깊은 잠에 빠져 있었다. 무방비한 그 얼굴은 깊은 생각에 잠긴 듯 보였고, 처음 사랑에 빠진 순간처럼 아름다웠다. 가만히 내려다보던 그녀는 열이틀간 유지해온 유일한 용기, '보류'와 '지연'의 담요를 덮어쓰고 침대에 웅크렸다.

그녀는 종소리에 눈을 떴다.

남편은 커피를 사러 간다는 메모를 남긴 채 사라진 후였다. 창문을 열자 빛과 소리가 한꺼번에 밀려들었다. 도시의 수호 성녀의 축일이어서 대대적인 행렬이 광장에 들어서고 있었다. 자주색 옷을 입은 사람들이 꽃으로 장식한 성녀의 조각상을 메고 성가를 부르면서 광장에 몰려들었다. 이 도시에 이토록 많은 성당이 있다는 것을 깨달은 것도 그 순간이었다.

귀가 먹먹할 정도의 커다란 종소리가 사방에 울렸고 온 도시가 강력한 진동으로 그녀의 온몸을 두들겨대고 있었다. 그 소리는 슬퍼하지 말라는 위로도, 앞으로는 괜찮아질 거라는 낙관도 일러주지 않았다. 그런데도 종소리에 사로잡힌 그녀는 오랫동안 발코니에 붙박여 있었다.

지난밤의 고통만큼이나 순도 높은 감각의 정체는 뜻밖에도 기쁨이었다. 그녀는 점점 더 거대해지는 파동에 몸을 맡기며 소매치기와 인플레이션으로 악명 높은 이 도시가 준비한 선물을 받아들였다. 눈물이 차오를 때와 마찬가지로 무언가가 그녀의 내부에서 치솟고 있다. 그것은 발끝에서 손끝과 머리끝까지 쭉 뻗어가는 직선의 힘이었다. 멋지고 강력한 경주용 자동차를 몰고 어디로든 갈 수 있을 것 같은 기분이 들었다.

남편은 도시의 소란이 마음에 들지 않는지 미간을 찌푸리며 돌아왔다. 여행에 대한 불만이 그녀에 대한 공격으로 바뀌었고, 이것은 열이틀간 그가 구사한 한결같은 패턴이었다. 그녀는 동요하지 않는 자신에게 놀라움을 느꼈다. 약간의 다툼 끝에 그들은 따로 시간을 보내기로 했다. 그녀는 자주색 옷을 입은 사람들의 행렬에 끼어들어 하루를 보냈다.

새벽 한시, 또다시 그녀는 눈을 떴다.

손목시계의 야광 바늘이 침묵에서 풀려나왔다. 도시는 잠들어 있었다. 남편이 잠에 빠지는 순간부터 침대가, 침대와 닿은 바닥이, 바닥과 닿은 천장이, 천장과 닿은 건물 전체가, 건물과 닿은 길의 모든 생명이 잠의 협곡에 잠겨버린 것 같았다. 백년 동안 잠에 빠진 성의 모습, 벽에 붙은 파리조차 움직이지 않는 동화책의 한 장면이 그녀 앞에 펼쳐진 듯했다. 괴로운 순간마다 공상으로 달아나는 버릇은 유년 이후 굳어진 습관이었다. 그녀는 좌판을 펼치는 상인의 익숙함으로 공상에 세부 묘사를 더하기 시작했다. 불우한 아이들이 그렇듯 그녀는 기억 몇개를 삭제함으로써 무사히 어른이 되었다. 그러나 매번 지금처럼, 명령하는 목소리에 복종하는 버릇만은 고칠 수가 없었다. 보류, 유예, 결정권을 넘기고 홀가분하게 지시에 따르고자 하는 욕망이 번번이 그녀를 차지했던 것이다.

보이지 않는 잠의 넝쿨손이 그녀의 발목을 감으러 다가왔다. 뱀의 머리를 짓밟는 것처럼 그녀는 단호하게 잠과 망각을 밟아버렸다. 그녀는 아침의 종소리를 기억했다. 그 소리는 헝클어진 모든 음들을 제자리로 튜닝해내는 것 같았다. 종탑 아래로 가면 망쳐버린 뭔가를 다시 시작할 수 있을까? 그녀는 충동적으로 호텔 문을 나섰다.

얼음판처럼 반짝이는 광장의 대리석 바닥이 그녀를 맞아주었다. 그녀는 종탑 아래 앉아 잠에 빠진 도시를 멍하니 바라보았다. 산중턱에는 도시의 수호 성녀 조각상이 달빛을 받아 하얗게 빛나고 있었다. 거리를 눈뒤짐으로 가늠해보던 그녀는 그쪽으로 발길을 돌렸다.

광장의 가장자리는 가파른 골목으로 이어졌고 좁은 계단이 연달아 나왔다. 성녀상은 한밤의 등대처럼 언덕 위에서 여전히 희게 빛나며 두 팔을 벌리고 있었다. 계단의 끝에 이르자 흙길이 시작됐다. 숲에 도달하자 즐거움이 가시고 의심이 들었다. 아무리 깊은 밤이라지만 한 사람도 마주치지 않은 채 여기까지 오다니 이상하지 않은가. 가도 가도 성녀상은 나오지 않았고 밤 또한 새벽으로 엷어지지 않았다. 그녀는 자신이 남편 옆에서 여전히 잠들어 있는 것이 아닌가 의심스러웠다. 모든 것에 태연한 자신의 모습 또한 꿈속의 배우 같았다.

마침내 높이 솟은 무언가가 보였다. 성녀상이라고 생각해 뛰다시피 걸어갔지만 모양이 선명해질수록 첨탑으로 바뀌었다. 그녀가 탑을 올려다보는 동안 멀리서 늑대 울음소리가 들려왔다. 탑으로 올라가는 문을 찾는데 가까운 곳에서 또다른 소리가 들려왔다.

여자아이의 울음소리였다.

*

엄마가 나를 가둔 것은 어쩔 수 없는 일이라고 생각해. 나는 트롤의 아이였으니까.

마녀의 채소밭에 버려진 트롤의 아이를 엄마가 몰래 숨겼다고 했어. 지금도 보름달이 뜨는 밤이면 트롤의 발소리가 들려. 숲에서는 항상 그런 소리가 들리지. 트롤의 소리, 나를 찾는 소리. 엄마는 바람이 지나가는 소리라고 했지만 난 항상 그들의 그림자를 찾아낼 수 있어.

엄마는 많은 일을 해야 해. 그러니까 보름에 한번밖에 탑에 오지 않는대도 불평을 늘어놓을 수 없어. 엄마는 늘 지쳐 있으니까. 내 머리카락을 잡고 올라오는 시간이 더 점점 길어지고 있잖아.

방이라고 불러야 할지, 내 세계 전부라고 해야 할지 모를 이 공간에는 창문이 하나 있어. 이거라도 있으니 너에게 말을 걸 수 있었던 거야. 너는 눈이 안 보이니까 내가 말로 다 설명해줄게. 방 안에는 밖으로 나가는 문 대신 그림이 하나 걸려 있어. 무슨 그림인 줄 알아? 나무 그림이야. 뭐하러 저런 걸 걸어놨을까! 나무라면 지겹도록 보는데. 그러니까 저건 창밖 풍경을 복사한 것이나 다름없어.

별로 답답하지도 않아. 다만 저 숨 막히는 네개의 모서리만 치워주면 그럭저럭 지낼 수 있을 것 같은데. 화이트 큐브의 네 모서리, 진저리 치게 싫어. 뭐라도 자백해야 할 것 같거든. 내 머리카락이 이토록 길게 자라난 건 내가 트롤의 아이이기 때문만이 아니야. 난 똑똑히 기억하고 있어. 그러니까 저 모서리 때문이기도 하다는 걸.

어느날이었어.(항상 이렇게밖에 말할 수 없어. 어느날이라고. 그러니까 날짜는 모르는 어느날이라고.) 나무 그림이 액자에 뚝 잘려 있는 것이 유난히 거슬리는 거야. 그래서 그림 밑으로 나무 뿌리가 점점 더 내려오는 공상에 잠겼지.

그런데 머리카락이 내 생각을 알아차리기라도 하듯이 점점 길어지더니 그림에 달라붙는 게 아니겠어? 머리카락이 벽에 찰싹 붙더니 물감 묻은 붓이라도 되는 양 그림을 쓱쓱 그려나가는 거야. 그때는 길이가 지금의 반밖에 되지 않았거든. 그런데 머리카락이 쑤우우우우욱 길어지더니 뿌리 모양을 그리는 거야!

굉장히 웃기는 일 아니야? 머리카락은 뇌에서 가까운 데 있잖아. 그런데 겉으로 길어지는 머리가 안으로도 파고들어서 뇌에 닿은 것처럼, 그래서 뇌가 펼쳐놓은 공상을 다 알아차리기라도 한 것처럼 내가 상상하는 그대로 움직여주고 있잖아.

머리카락은 벽에 온통 그림을 그려가기 시작했어. 한번도 보지 못한 바깥의 세계, 사람과 동물의 세계, 전쟁과 풍요의 세계, 이야기 속의 세계였지. 메두사의 기분이 이랬을까? 자기 두피를 뚫고 나온 뱀들이 스르르 움직이고 감고 풀고 혀를 날름거리고 독니를 내밀었을 때 그 움직임 하나하나를 느낄 수 있었을까?

기분은 나쁘지 않았어. 겁이 났지만 황홀했지. 뭐랄까, 난 머리카락의 마음을 느낄 수가 있었어. 내 머리카락들. 수많은 개별로 이루어진 복수의 존재. 걔네들이 가장 먼저 한 일은 모서리를 지워버리고 내 방을 아늑한 둥지처럼 만든 거잖아. 더구나 색을 바꿀 수도 있었어! 본래 내 머리카락은 갈색이었지만 내 방은 무지개가 뜬 것처럼 일곱개에 일흔배를 더한 색들의 향연이었지.

뭐라고? 그토록 길고 자유롭게 움직이는 머리카락이라면 탑에서 탈출할 수 있지 않겠냐고?

그렇게 묻는 걸 보니 너는 정말 눈이 보이지 않는구나.

탑은 더 높아졌잖아. 머리카락이 길어지는 만큼 탑의 키도 그에 맞춰 높아지고 있어. 탑과 머리카락의 함수는 꼭 이만큼이야. 엄마가 나에게 오고 갈 수 있을 만큼, 내가 이 방을 지겨워하지 않을 만큼. 탈출 시도라…… 안 해봤을 거 같아? 내가 창가 쪽으로 다가갈 때마다 머리카락은 썰물처럼 짧아지고 말았지. 그런 나쁜 생각은 엄두도 내지 말라는 듯이.

그래서 내 결론은 이거야.

우리 엄마는 마녀야.

우리 엄마는 모든 것을 알고 있어.

우리 엄마는 모든 것을 통제할 수 있어.

엄마의 소유욕은 이 탑만큼이나 높아. 나는 영원히 엄마 거야.

내 찬란한 머리카락도, 걔네들의 무지개색 페인팅도 전부 엄마의 마법 아래 놓여 있어.

이 방을 가득 메운 머리카락의 움직임, 그건 내가 영원히 이 방에서 나가지 않기를 바라는 엄마의 소망으로 만들어진 것일 뿐 내 욕망이 아닌지도 몰라. 나는 채소밭에서 자라는 미나리나 아스파라거스처럼 엄마가 심고 키운 작물에 불과해.

나는 탑에서 자라는 채소지. '소녀'라는 채소. 나는 이름조차 없는걸. 미나리나 아스파라거스도 이름이 있는데 말이야.

그러니 내 유일한 말동무인 종달새야. 내가 한 짓을 용서해줘. 너를 붙잡아 날개를 부러뜨리고 눈을 멀게 한 것을 용서해줘. 내 무릎에서만 살아가게 만든 것을 용서해줘. 나는 이 외로운 감옥을 견딜 수가 없었어.

네게 저지른 짓은 엄마가 나에게 한 짓과 똑같다는 걸 알아. 나는 엄마를 용서할 수 없어. 그러니까 너도 나를 용서하지 않겠지.

여기까지 말하고 소녀는 엎드려 울었다.

*

라푼젤. 정말 라푼젤이 맞았다. 그러지 않고서야 이렇게 머리카락을 붙잡고 탑에 올라갈 리가 없다. 튀어나온 벽돌을 힘겹게 디디면서 그녀는 생각했다. 이상하다. 나는 왕자가 아니라 도망친 신부에 불과한데 어떻게 동화 속으로 들어온 것일까? 늑대에 쫓겨 정신없이 탑 위로 올라가면서도 그녀는 손에서 생생히 느껴지는 머리카락의 질감이 소름 끼쳤다.

마침내 안으로 들어가자 열두살 정도 되어 보이는 아이가 설명을 요구하는 눈초리로 쳐다보았다. 그녀는 종소리와 오렌지 나무, 남편과의 불화, 충동적으로 빠져나온 호텔, 숲에서 길을 잃은 이야기를 순서 없이 늘어놓았다. 맙소사, 내가 애한테 무슨 말을 하고 있는 거지? 당혹해하면서도 그녀는 비밀을 모조리 털어놓고 있었다.

"그러면 나를 꺼내줄 수 있어요?"

"나는 도와달라고 온 건데."

아이는 작게 한숨을 내쉬었다.

그녀는 아이에 대해서 알고 있는 것을 말했다. 너의 이름은 라푼젤이고 네 이야기는 널리 알려진 책 속에 들어 있다고. 아이에게는 그녀가 트롤이 아니라는 사실이 더 중요했다. 게다가 그녀는 처음 만난 외부인이었다.

"엄마는 나흘 후에 와요. 아줌마를 들여보낸 걸 알면 야단날 거예요. 그전까지 해결책이 없으면 그냥 내려가시는 게 좋겠어요."

"나는 어른이니까 대책을 세울 수 있을 거야."

듣기에도 자신이 없는 목소리로 대꾸한 그녀는 벽에 기댔다. 끝나지 않던 밤이 물러가려는 듯 창밖이 희미하게 밝아오고 있었다. 작은 방에는 침대가 하나밖에 없어서 그녀는 바닥에 이불을 깔고 누워야 했지만 금세 잠에 빠져들었다.

늑대 울음은 탑 아래에서 여전히 들려오고 있었다.

눈먼 새가 지저귀는 소리에 그녀는 눈을 떴다.

달라지지 않은 풍경에 놀라지 않을 수 없었다. 꿈에서 깨어나면 남편의 옆자리일 것이라고 내심 믿어왔던 것이다.

창가에서 바깥을 내다본 그녀는 떠나온 도시가 하나도 보이지 않는 것을 눈으로 확인했다. 사방은 초록의 바다였다. 숲이 끝나는 자리에는 올리브 밭이 있었고, 그 끝은 또다시 숲으로 이어지고 있었다. 첨탑의 높이는 25미터 정도. 호텔 복도에서 오렌지 나무를 내려다볼 때의 높이와도 비슷해서 이상한 추측이 절로 들었다. 혹시 내가 투신한 건 아닐까? 가사 상태에서 이 모든 환각을 보는 것일까?

그녀는 모든 의혹을 내려놓기로 마음먹었다. 지독히 비현실적인 상황 속에 있다보니 현실적인 가설을 세우는 일이 부질없게 여겨졌다. 꿈속에서 꾸는 또다른 꿈이라면 언젠가 깨어날 것이고, 동화 속 세상이라면 이야기는 저절로 굴러갈 것이다.

"그동안 지나간 사람이 아무도 없었어? 말을 탄 왕자라든지."

"왕자라니, 무슨 잠꼬대 같은 소리를 하시는 거예요?"

빵과 물을 가져다주며 라푼젤은 한심하다는 듯이 그녀를 노려보았다. 새치름한 십대 소녀와 부딪치는 것이 재밌어서 그녀는 빙긋 웃었다. 마녀, 트롤, 거인, 그런 게 있다면 실제로 보고 싶은 심정이었다. 혼란이라면 결혼식이 끝난 후 줄곧 겪어왔던 일이고, 피해의식에만 사로잡혀 있다가 그 상황이 중단된 것만으로도 유쾌했다. 탑은 높고 좁은 감옥에 불과했으나 한편으로 안전하기도 했다. 늘

대들이 몰려와도 이곳에 있으면 괜찮을 것이다. 반대로 말하자면 아래로 내려간다 해도 늑대들이 득실거리는 숲을 지나가야 한다는 얘기가 된다.

라푼젤은 늑대보다 트롤이 문제라고 구시렁거렸다. 트롤이 거인 들의 어깨에 올라타고 창문 안으로 그녀를 들여다본다는 것이다. 침대 밑에 숨느라 밤과 낮을 바꿔 지내던 시간에 대해서 라푼젤은 실감 나게 묘사했다. 아이를 숲속에 방임하고 보름마다 들여다보 는 엄마에 대해서는 오히려 기묘한 죄책감을 가지고 있었는데, 엄 마는 자신을 지켜내느라 아주 녹초가 되었다는 것이다. 그녀는 즉 흥적으로 이야기를 지어내던 자신의 어린 시절이 떠올랐다. 혀가 움직이는 대로 엮다보면 대나무 바구니가 완성되듯 그럴싸한 이야 기가 만들어지던 유년기의 특별한 은총. 그때로부터 많은 시간이 흐른 것도 아닌데 이제 그녀의 이야기 주머니에는 사랑하는 사람 이 안겨주는 슬픔밖에 들어 있지 않았다.

라푼젤의 머리를 남김없이 땋는 데에는 꼬박 사흘이 걸렸다. 그 사이 두 사람은 많은 이야기와 계획을 나누었지만 아무것도 실행 할 수 없었다.

"아줌마가 오고부터 날씨가 변했어요. 아줌마도 마녀인 거 아녜 요?"

그들의 계획은 불어나는 빗줄기에 떠내려가고 있었다. 퍼붓는 비를 바라보던 라푼젤은 창문에 닫고 커튼을 쳤다. 아이는 투덜거 리는 방식으로 쉼 없이 말을 걸었는데 새가 아닌 사람과 대화를 나

눈다는 사실이 어쨌거나 반가운 듯했다.

비가 그친 자리에는 바람이 부풀어오르기 시작했다. 바람은 점점 강해져서 땅에서 뽑혀나온 나뭇가지들이 쾅, 쾅, 쾅, 탑을 강타하기 시작했다. 두들겨대던 바람의 거센 손은 마침내 덧문을 부수기에 이르렀다. 동시에 엄청난 바람이 안으로 밀려들었다.

"위험해!"

그녀는 본능적으로 라푼젤을 붙들었다. 바람이 라푼젤의 머리카락을 사방으로 날리더니 꽁꽁 동여맨 밧줄처럼 두 사람을 에워쌌다. 눈을 뜰 수 없는 정도가 아니라 숨을 쉴 수 없을 정도의 강풍이었다. 집기들이 창밖으로 빨려들어가 남은 것이라고는 무거운 옷장과 그들뿐이었다. 쓰러진 옷장을 꽉 잡고 있었지만 더이상 버틸 수가 없을 것 같았다. 순간 탑이 부서지는 소리가 들려왔고 두 사람은 회오리의 복판으로 끌려들어갔다.

뿌리째 뽑혀나간 나무들이 날아다니는 허공 속에서 그들은 정신없이 비명을 지르고 있었다. 거인이 그들을 붙잡고 사정없이 돌리는 듯했다. 그녀는 필사적으로 손을 뻗쳤고 폭풍 속에서 무언가를 붙잡는 순간 있는 힘껏 몸을 날렸다.

*

"토토, 쉿!"

꺼끌꺼끌한 무언가가 뺨에 닿는 감촉. 다시 한번 눈을 뜰 시간이었다. 통나무로 된 지붕, 걱정 어린 표정으로 내려다보는 두 여자아이, 갈색 털 뭉치가 한꺼번에 눈에 들어왔다. 찌르는 듯한 두통에 그녀는 다시 눈을 감았다. 의식과 무의식이 퓨즈처럼 깜빡거리는 가운데 캔자스, 도로시, 토네이도와 같은 단어들이 들려왔다. 작은 거품 같은 웃음이 목구멍에서 보글거렸다. 동화책 몇장을 찢고 포갠 후 구멍을 뚫어서 통과한다면 이런 식이겠구나 싶었다.

"……머리를 다친 것 같아요. 이마도 찢어지고 피도 났어요."

라푼젤의 목소리였다. 그녀는 끙, 소리를 내며 일어나 앉았다. 옆에는 라푼젤보다 두어살 어려 보이는 소녀가 강아지를 안고 있었다. 여전히 울부짖는 강풍 소리가 들려왔다. 난파선처럼 출렁거리는 통나무집은 끊임없이 삐걱거렸다.

"언제부터 이렇게 지냈니?"

"모르겠어요. 엄마랑 아빠가 너무 싸워서 다 없어지면 좋겠다는 생각을 했어요. 그런데 토네이도가 집을 날려버린 거예요. 안에는 토토랑 나밖에 없었는데."

새로운 동화의 시작 지점, 이곳은 태풍 속이다. 그녀가 만난 여자아이들은 어딘가에 갇혀 있었다.

"왜 그렇게 절뚝거리면서 걷지?"

"구두 때문에 발이 아파요."

도로시는 보기에도 작아 보이는 구두를 신고 있었다. 구두는 부모들이 손대지 않고 내리는 체벌 중의 하나였다. 말을 듣지 않을 때마다 작고 딱딱한 구두를 신고 반성의 시간을 보내도록 했다는 것이다. 도로시의 불편한 구두는 그녀가 잊고 있던 어린 시절을 떠오르게 만들었다.

침묵, 무시, 모멸이 담긴 눈빛, 예의 바른 공격의 기운이 느껴지면 그녀는 종이 위에 좌우대칭의 점들을 쌓아올리듯 찍어놓고 양쪽을 연결시키는 선들을 끝없이 그렸다. 그 선들과 달리 부모는 연결되지 않았고 종이 바깥으로 떠나버렸다. 도로시가 징벌을 자청하는 듯한 구두를 신고 있는 것을 보자 그 시절이 떠올라 참을 수가 없었다.

"폭풍은 멎을 거야. 이 집은 사뿐히 내려앉으면서 동쪽 마녀를 깔아뭉갤 거고 너는 작은 사람들의 영웅이 될 거야. 덕분에 새 구두가 생길 테니 그 신발은 당장 벗어버려."

"그게 다 무슨 소리예요?"

이 애들을 다음 페이지까지 잘 데려다줘야겠어. 그녀는 중얼거리며 다시 누웠다.

*

"아줌마 말이 맞았어요!"

도로시가 기쁨에 찬 목소리로 외쳤다. 잠자는 사이에 창밖의 울부짖는 소음은 사라지고 없었다. 태풍이 잦아들고 그들은 땅에 내려앉은 것이다. 납작해진 동쪽 마녀나 작은 사람들은 보이지 않았다. 대신 초록색 뱀이 마중이라도 나온 듯 전반신을 세우고 갈라진 혀를 날름거리고 있었다.

"따라오라는 신호야."

라푼젤은 눈먼 새를, 도로시는 토토를, 그녀는 두 아이를 앞세우고 마침내 땅을 밟았다. 구불거리며 앞장서는 뱀은 양탄자 같은 풀밭을 지나갔고 덤불숲이 시작되자 어디론가 사라져버렸다.

그들을 사로잡은 건 노랫소리였다. 나무 사이로 흥얼거리는 노래가 들려왔던 것이다. 노래에 이끌리듯 발걸음을 내딛자 빨간 모자를 쓴 꼬마의 뒷모습이 보였다. 이번에는 너로구나, 그녀는 확신에 찬 발걸음으로 다가갔다가 깜짝 놀랐다. 분명 꼬마라고 생각했는데 빨간 모자를 쓴 사람은 쪼글쪼글한 난쟁이 할머니였던 것이다.

"할머니는 누구시죠? 여긴 어딘가요?"

놀란 그녀는 연거푸 질문을 던졌지만 대답이 없었다. 꼬마 할머니는 천천히 입을 벌리더니 말을 할 수 없다는 손짓을 했다. 자세히 보니 할머니의 두 입술은 날카로운 무언가에 잘려나가고 없었다. 그녀는 입을 막고 비명을 질렀다.

'진정하렴.'

머릿속으로 하나의 음성이 들려왔다.

'그들이 내 입술을 가져갔어. 하지만 난 노래를 부를 수 있단다. 너희들이 올 거라는 사실은 알고 있었다. 버섯들이 말해주더구나.'

꼬마 할머니는 키는 작지만 힘은 무지하게 세서 뭐든지 번쩍 들 수 있었다. 할머니는 자기 몸의 두배나 되는 보따리를 들고 앞장서서 걷기 시작했다. 그들은 홀린 듯이 뒤를 따라갔다. 빽빽한 나무

사이를 지나는 동안 할머니는 그동안 겪은 모험을 들려주었다. 자기 머리를 뽑아 옆구리에 끼고 다니던 왕자를 물리친 이야기, 사람처럼 옷을 차려입은 교활한 늑대의 배를 가른 이야기, 마젤과 슐리마젤이라는 쌍둥이에 관한 이야기가 이어졌다.

'마젤이 떠나면 슐리마젤이 그 자리를 채우지. 그 애들은 곱사등이야. 곱사등 안에는 각각 희망과 절망이 들어 있어. 둘이 똑같이 생겼으니 잘 살펴봐야 해.'

그녀는 갈피를 잡을 수 없었다. 라푼젤과 도로시와 빨간 모자와 걷고 있으니 어떤 일이 생길까? 알고 있는 것이라곤 이들의 이름이나 별명뿐이었고 그나마도 아귀가 맞지 않는 조각이었다.

"당신은 마녀죠. 그렇지 않나요?"

'당연하지. 그게 아닌 다른 것이 될 수 있던가?'

동화에 나오는 여자아이들, 그중 하나가 자신이었다고 할머니는 말했다. 쪼글쪼글한 할머니의 얼굴을 들여다보면서 소녀들이 마녀로 변하는 동화가 있던가 떠올려보았다.

'다 왔다. 여기서 야영을 할 거야.'

너른 들판이 나오자 할머니는 등에 진 짐들을 내려놓았다.

버섯들이 둥글게 원을 그리면서 자란 곳. 그 안으로 들어간 할머니는 보따리를 풀고 장작을 꺼내 불을 피웠다. 그러고는 그들에게 밤을 주워오라고 지시했다. 모닥불에 밤을 구워먹으면서 배를 채우자 어두워진 하늘에 별이 돋기 시작했다.

달이 통통하게 차오를 때까지 여행은 계속되었다.

그들은 반나절 정도 걷다가 음식과 잠자리를 마련하기를 반복했다. 끝없이 이어지는 숲속에서는 할머니를 따라가는 것 말고 다른 선택지가 없었다. 뱀도 나오고 야생동물도 심심찮게 출몰하는 곳에서, 믿을 수 없을 만큼 힘이 센데다 온갖 물건이 나오는 보따리를 가진 마녀의 뒤를 따라가는 편이 안전했다.

할머니가 마녀라는 것은 확실해 보였다. 그렇지 않고서야 뿔을 가진 여러 짐승들이 고개를 숙인다거나 독을 품은 개구리나 뱀들이 그들을 슬슬 피해 다닐 리가 없다. 두 여자아이들, 조금 예민한 라푼젤과 조금 맹한 도로시는 자매처럼 친해져서 어디든 함께 다녔다.

모닥불을 응시할 때마다 할머니는 내부에 깊이 박힌 생각을 끄집어내려는 사람처럼 무거운 표정을 지었다. 자기 키의 절반밖에 오지 않는 이 불가해한 노파가 무슨 생각을 하고 있는지 그녀는 궁금했다.

'네가 우리를 왜 불렀는지에 대해 생각하고 있어.'

할머니가 이렇게 답하자 그녀는 어리둥절했다. 자신이 이들을 불렀다니 이해할 수 없는 말이다.

보다 큰 걱정은 날이 갈수록 할머니의 보따리가 줄어들고 있다는 것, 그에 따라 할머니의 몸집 또한 줄어들고 있다는 것이다. 조금씩, 조금씩, 할머니는 줄어들고 있었다. 저러다가 개미만큼 작아져 사라지지 않을까 걱정스러울 정도였다.

'통증 때문에 그래. 통증이 올 때마다 나는 점점 수축되어버리거든. 내가 없을 때 저 아이들을 지키는 건 네 몫이다. 자기 머리를 들고 다니는 남자를 조심하고, 마젤과 슐리마젤을 만나게 되거든 잘 구별해야 한다. 슐리마젤이 말을 걸면 대꾸하지 않도록 해라. 그 애는 아주 간교하니까.'

모습을 감추기 전날 할머니는 이렇게 당부했다.

*

숲이 끝나는가 싶었는데, 그게 함정이었다. 그들은 나뭇잎으로 덮어놓은 구덩이에 빠지고 말았다.

"다친 데는 없어?"

그녀는 아이들의 옷에 묻은 흙을 털어주었다. 누가 이런 짓을 했을까. 여기에 있다가는 늑대 밥이 되는 것은 아닐까, 별별 생각이 다 들었다. 위를 올려다보니 그들의 힘으로는 도저히 올라갈 수 없는 높이였다. 구덩이 옆에 커다란 올리브 나무가 있었다. 저 나무가 없었다면 구덩이 안은 정오의 태양에 달궈져 찜통으로 변했을 것이다.

"아무도 지나가지 않으면 어쩌죠?"

아이들이 떨리는 목소리로 물었을 때 그녀는 대답할 말이 없었다.

물이 떨어지자 아이들은 기력을 잃기 시작했다. 그녀는 자꾸만 눈을 감는 아이들에게 계속 말을 걸었다. 라푼젤의 새가 날아갔으니 어디서든 조난신호를 보내올 것이라는 게 유일한 희망이었다. 하지만 눈먼 새가 돌아올 수 있을지 자신이 없었다.

사흘 만에 구덩이 위로 사람 그림자가 보였을 때 그녀는 단번에 알아보았다. 곱사등이 형제가 쪼그리고 앉아 그들을 내려다보고 있다. 체크무늬 남방에 반바지, 무릎 밑까지 오는 긴 양말을 신은 쌍둥이들은 나이를 가늠할 수 없는 얼굴이었다.

"마젤, 도와줘! 구덩이에서 빠져나갈 수가 없어."

"난 슐리마젤이야."

둘 중에 더 단정하게 생긴 꼽추 소년이 대꾸했다.

"우린 동시에 한곳에 있지 않아. 나란히 있는 것처럼 보이겠지만…… 잘 봐."

슐리마젤은 옆에 앉은 형제의 등을 툭툭 쳤다. 잘 익은 수박을 두드릴 때 나는 소리가 울렸지만 마젤은 마네킹처럼 미동이 없었다.

"이건 빈 깡통이라 이 말씀이야. 마젤은 통 먹은 것이 없거든."

동화에서 시작해서 악몽으로 끝나는 것인가. 절망을 등에 진 슐리마젤과 먼저 마주치자 그녀는 힘이 풀렸다. 대꾸하지 않으려 했지만 축 늘어진 아이들을 보니 차마 그럴 수가 없었다. 할머니가 사라진 지금 아이들을 보호할 사람은 자신뿐이었으니까.

"우리를 꺼내줘. 이 애들이 돌아갈 수만 있다면 뭐든지 할게."

"한번 풀려난 것들은 절대로 얌전히 돌아가지 않아. 다 네 탓이지. 솔직히 말하자면 넌 골칫덩이야."

"내가 어떻게 하면 되지?"

슐레마젤이 기분 나쁜 웃음을 지었다.

"나에게 카드 한장만 가져다주면 돼. 그러면 여자아이들도 구해주고 꼬마 할머니가 다시 아이로 돌아갈 수 있는 미약을 갖다주지."

선심 쓰듯 물병을 던져주면서 슐리마젤은 알쏭달쏭한 이야기를 시작했다.

"그리핀을 타고 마담 파울리나의 가게로 가. 뚱뚱한 여자가 타로 카드를 보면서 미래를 예언하고 있을 거야. 열두장의 카드를 늘어놓으면 넌 오른쪽에서 두번째 카드를 집어서 건네주도록 해. 카드를 본 마담이 쓸데없이 긴 이야기를 떠들어댈 거야. 여기서부터가 어려운데…… 그녀가 예언을 들려주는 동안 왼쪽에서 세번째 카드를 슬쩍하란 말이야. 그걸 내게 가져다주면 이 애들을 구해주지."

"카드가 뭔지 물어봐도 돼?"

슐리마젤은 생김새만큼이나 기묘한 눈빛으로 히죽 웃었다.

"그 카드만 내게 오면 넌 마젤을 영원히 만날 수 없을 거야. 절망한 인간들로 내 등을 꽉 채우면 난 이 거추장스러운 곱사등을 떼어낼 수 있어."

희망 없이 살아가라는 저주처럼 들렸지만 그녀는 한참 있다가 고개를 끄덕였다. 여자아이들을 만난 이후 그녀에게는 '보호'와 '책임'의 감정이 생겨났다. 입술이 잘려나간 빨간 모자 할머니에게도. 새로운 감정이 그녀에게 불길한 거래에 응할 용기를 주었다.

슐리마젤이 마담 파울리나에게 건넬 금화를 주면서 휘파람을 불자 거대한 새 그림자가 비쳐들었다. 사자의 몸에 독수리의 날개를 단 그리핀이 구덩이 옆에서 날개를 접었다.

"한가지 명심해! 그리핀에 타면 절대로 뒤를 돌아보아서는 안돼."

동공이 풀린 채 구덩이에 쓰러져 있는 두 소녀를 보면서 그녀는 고개를 끄덕였다.

*

그리핀이 그녀를 내려놓은 골목은 떠나온 도시의 풍경과 비슷해 보였다. 마담 파울리나의 가게는 골목의 가장 안쪽 후미진 곳에 있었다. 실내로 들어가자 도심의 소음이 삼켜진 듯 사라졌고, 의자에 앉아 있는 뚱뚱한 중년 부인이 그녀와 눈을 맞췄다. 부인은 별다른 말을 하지 않은 채 가느다란 눈초리로 그녀를 지켜보더니 맞은편 의자를 가리켰다. 그러고는 촛대에 새로운 초를 꽂고 불을 붙였다. 초가 타오르자 사향과 풀냄새가 섞인 향기가 실내에 퍼졌다.

모든 것은 슐리마젤이 말한 대로였다. 한벌의 카드를 솜씨 좋게 섞던 부인은 탁자 위에 카드를 내려놓았다. 복잡한 아라베스크 문양이 그려진 카드의 뒷면을 한참 동안 물끄러미 바라보던 그녀는 자신의 선택인 양, 오른쪽에서 두번째 카드를 집어 들었다. 카드를 확인한 마담 파울리나의 얼굴에 작은 동요가 일었다.

그 순간 한줄기 바람이 불어와 초가 꺼졌다. 마담 파울리나는 성냥을 찾기 위해 자리에서 일어섰다. 모든 것은 명백한 '신호'였다. 그녀는 그 틈을 놓치지 않고 재빨리 왼쪽에서 세번째 카드를 빼서 슐리마젤이 준 카드와 바꿔치기했다. 이제 '카드'는 그녀의 소맷부리에 있다. 심장이 뛰는 소리가 너무나 크게 울려 파울리나가 눈치챌 것만 같았다.

"어릿광대, 금화, 탑, 다시 어릿광대…… 구두, 여기 죽음이 있군. 죽음은 두번 지나갔어. 그리고 이 마지막 카드가 문제인데……"

파울리나의 목소리가 깊숙한 동굴 안쪽에서 들리는 것처럼 먹먹했다. 그녀는 고개를 끄덕이고 슐리마젤이 준 금화를 탁자 위에 올려놓은 뒤 재빨리 가게를 빠져나왔다.

그리핀의 등에 오를 때 누군가 큰 소리로 그녀의 이름을 불렀다. 남편, 그녀의 남편이었다.

"돌아와!"

명령하는 목소리, 당장 돌아오라고 호통치는 목소리가 들려오자 그녀는 반사적으로 몸에 붙은 복종의 신호, 즉 뒤를 돌아보고야 말았다. 그 짧은 순간에 그녀의 마음속에 보류, 유예, 약해지고 싶은 욕망, 결정권을 넘겨버리고 지시에 따르는 쪽으로 기울고 마는, 큰 목소리에 용해되고 싶은 욕망이, 번번이 그녀를 망쳐버린 욕망이 작동해버린 것이다. 뒤를 돌아보는 순간, 소매에 숨겨둔 카드가 땅으로 떨어졌고 그리핀은 솟구쳐 날아올랐다. 순식간에 정점까지

치솟은 그리핀이 좌우로 몸을 흔들어 파울리나의 카드가 없는 그녀를 떨어뜨려버렸다. 그녀는 아래로, 아래로 끝없이 추락했다.

숲 가장자리에 굴러떨어진 그녀는 몸이 말짱하다는 것을 확인하자마자 구덩이가 있던 쪽으로 달려갔다. 올리브 나무를 찾는 동안 그녀는 모든 일이 되돌릴 수 없게 되었음을 직감했다. 그제야 잘 들리지 않던 파울리나의 목소리가 귓가에 맴돌았다. '그들은 너야.' '네가 외면해버린다면 그들은 영원히 탑과 폭풍 속에 갇혀 있어야 해.' '갇혀 있는 한 너는 미래에 입술 없는 노파가 되고 말 거야. 고통이 올 때마다 줄어들고 축소되는 노파.' '상처를 고통스럽게 만드는 화살은 밖에 있지 않아.' 파울리나의 얼굴이 점점 멀어지며 숲에 들어오기 직전에 보았던 성모상의 모습과 겹쳐졌다. 아무리 걸어도 가닿지 않던.

마침내 올리브 나무를 찾아냈다. 그 아래 평평하게 메워진 구덩이를 보자 그녀는 털썩 주저앉았다. 아이들은 산 채로 파묻혔을 것이다. 생매장당한 자리에는 올리브 나무 이파리만 떨어져 있었다.

'또 실패했어.'

결국 이 자리일 뿐이다. 망쳤다. 모든 것을 망쳐버렸다. 꼬마 할머니에게 빨간 모자를 쓴 예쁜 아이로 다시 돌아갈 수 있는 미약과 입술을 가져다줄 수 있을 것이라는 희망도 꺼져버렸다. 자신의 어리석음 때문에 그녀는 미칠 것만 같았다. 동시에 내부에서 차오르는 달콤한 낙담의 감정이, 모든 것을 놓아버리고 절망에 투항해버리고 싶은 유혹이 치밀어올랐다. 번번이 폭군의 손에 놀아난 것은 모두 이 욕망 때문이었다. 그녀의 나약함이 폭군의 목소리를 불러 들인다. 그리고 정신을 차려보면 그치지 않는 눈물이 두 볼을 타고 흘러내리는 것이다.

그녀는 눈물을 닦던 두 손으로 흙을 파헤치기 시작했다. 자신이 봉해버린 과거를 파헤치는 것처럼. 지긋지긋하던 부모의 다툼, 혼자가 된 어머니의 과보호와 집착, 그를 피해 달아난 자리마다 목소리와 모습은 달라졌지만 항상 한결같은 폭군들이 서 있었고, 그녀는 그들의 지시에 따랐다. 그러는 편이 그러지 않는 편보다 편안했기 때문이었다. 언제나 폭군만을 탓하면서 하염없이 우는 것, 기억을 해석하기보다 삭제하는 것이 약한 자신을 보호하는 방법이라고 무의식중에 믿어왔다. 마젤의 속이 텅 빈 까닭은 그녀가 항상 마젤보다 슐리마젤에게 먹이를 주며 키워왔기 때문이리라.

모든 기억이 되돌아와 움푹하게 파낸 구덩이를 채웠다. 그 사이로 눈물이 떨어졌다. 눈물씨앗이 떨어졌다. 습관적인 절망이 아니라 깊고 날카로운 회한의 눈물이 땅을 적셨다. 흙처럼 까매진 그녀는 더이상 부인할 수 없는 자신의 한심함을 인정하면서 지키지 못한 두 아이와 미래의 노파를 애도했다.

눈물이 떨어졌다.

눈물씨앗은 땅속에서 싹을 틔워 한움큼 자라났다. 특이한 점이 있다면 이파리와 가지 모두 투명하다는 것이다. 한뼘씩 자라나는 투명한 나무에게 그녀는 물을 주듯 계속 울었다. 깨진 항아리를 눈물로 채우려던 어느 공주의 이야기가 떠올랐다. 이야기로 달아나는 버릇, 공상에 세부 묘사를 덧대는 버릇은 이 순간에도 멈출 수 없었다.

어느새 그녀의 머리 위까지 높다랗게 자란 나무에는 열매가 맺혔다. 맺힌 열매가 땅에 떨어지자 그릇이 깨져 물이 넘치듯 파도로 변했다. 거대한 파도는 회오리치는 라푼젤의 머리카락 같기도 했고, 도로시의 통나무집을 삼키던 폭풍 같기도 했다. 그녀는 파도에 삼켜지는 다음 순간을 기다렸다. 동화 속에서도 동화 밖에서도 갈 데를 잃은 그녀의 마지막 걸음은 눈물씨앗이 만들어낸 파도 속이라고 생각했다.

파도의 한가닥이 갈라져나와 그녀의 키만큼 몸을 세우더니 절을 하는 신하처럼 포말을 둥글게 말았다.

그녀는 자신도 모르게 파도에 손을 뻗었다. 물속에 머문 손을 빼내자 세개의 물방울 결정이 손 위에 남겨졌다. 보석 같은 물방울을 손에 쥐자 파도는 한걸음 뒤로 물러났다.

그녀가 걸어갈 때마다 파도가 물러났다. 조금도 젖지 않은 땅을 밟으며 그녀는 나아갔다. 두갈래로 갈라진 파도는 그 끝에 광장의 모습을 보여주었다. 파도의 복도를 지나 열두개의 골목으로 이어진 광장을 보는 순간, 그녀는 파울리나의 탁자를 떠올렸다. 이 도시 전체가 파울리나의 카드였음을 직감한 그녀는 왼쪽에서 세번째 골목을 선택해 그리로 걸어갔다. 사방에서 고함 소리가 들려왔다. 아버지, 어머니, 그녀의 인생에 등장한 폭군들과 남편의 고함 소리가

한데 응어리진 소음이 귀를 찢을 듯 울려 퍼졌지만 이번만큼은 옆
도 뒤도 돌아보지 않았다.

골목의 끝에는 체크무늬 옷을 입은 소년이 기다리고 있었다.

'마젤.'

동화책에 나오지 않는 소녀가 소년을 향해 걷기 시작했다.

구원 혹은 창조

백지은

잘 살아야 한다

　유례없는 전염병의 판데믹 상황으로 사회 관계망 서비스를 통해 비대면 안부를 주고받는 요즘이다. 건강은 어떠니, 주변은 안녕하니, 집에서 어떻게 지내야 더 즐거울까 등등 소소한 이야기를 나누다 "잘 지내자" "잘 버티자" "잘 살자" 등의 인사말로 마무리한다. 개인이 할 수 있는 방역으로 마스크 착용과 물리적 거리두기와 개인위생에 신경 쓰는 것 외에 뭘 더 할 수 있을지는 모른 채 단체 활동과 외출이 제약되고 가족이나 가까운 지인과만 조심스레 모이곤 하는 일상이 지속 중. 이런 때 서로에게 건네는 인사말이 '잘 지내자' '잘 살자'와 같은 청유형 문장이라는 게 좀 야릇했다. 잘 있으라는 당부와 잘 지내야 한다는 다짐을 상대와 자기에게 동시에 부여하는 담담한 호소. 특정한 누군가의 안위가 아니라 모든 사람의 안녕을 바라는 마음. 혼자가 아닌 함께여야만 가능하다는 전제. 이런 것들이 서로를 위로하는 인사가 된다는 사실이 너무나 '인간적'인 것이 아닌가 싶은 것이다. 어떤 로봇이 얼마나 고등한지를 드러내는 것이 "청유형 문장을 쓰고 신체를 중시한다는 것"(48면)이라고 말하는 소설을 읽었기 때문일까. 특히 "잘 살자"라는 말, 너무나 포괄적이지만 오직 인생(人生) — 삶뿐 아니라 죽음까지 아우르는 인간의 시간 전반 — 에 대해서만 유의미한 이 말은, 누구도 잘 살고 있기 어려운 요즘이라 더욱 의미심장하게 다가온다.

역병이 창궐하거나 메뚜기 떼가 농장을 덮치는 시기가 아니어도 '잘 살아야 한다'는 명제는 인간에겐 거의 정언명령과 같다. 훌륭하게, 능숙하게, 풍족하게, 올바르게, 적절하게 등 여러 뜻을 지닌 '잘'이라는 부사는 인간의 어떤 경험에나 어울리는 말이기도 하니 인생 전체를 수식하는 데 더욱 '잘' 쓰일 법도 하다. 잘 사는 인생은 어떤 것일까. 훌륭하고 능숙하고 풍족하고 올바르고 적절하고 등등, 그런 '좋은' 경험들로 삶을 채우는 것일까. (그런 '좋은' 것은 정해져 있나.) 좋은 일들을 많이 겪지 못했다면, 아니 좋은 일 말고 나쁜 일도 많이 겪었다면, 잘 살지 못한 것이라 해야 할까. '잘 살자'라고 인사하는 야릇한 청유는 모두가 위험을 물리치고 안전하길 바란다는 뜻일 뿐일지 몰라도, 인생이 '잘 산 것'일 때는 꼭 그런 뜻만은 아닐 것이다. '잘'에는 무엇보다도 질적으로 양적으로 풍부하다는 뜻이 있을 테니 잘 산 인생에는 어쨌거나 풍부한 뭔가가 있을 듯하다. 그러나 그건 무엇을 가졌느냐가 아니라 무엇을 했느냐에, 얼마큼이 아니라 어떻게 하였는지에 달려 있지 않을까. 물론 전적으로 이것은 남이 알아주는 가치가 아니라 자기 자신이 누리는 의미로 결정될 것이다. 우리는 어떻게 무엇을 함으로써 질적으로 양적으로 풍부한 인생을 잘 누릴 수 있을까.

이런 생각이 막연하게 머릿속에 들어차게 된 것은 물론 코로나-19의 위중한 사태로 힘들어진 일상 때문만은 아니고 마침 막 모아 읽은 김성중의 소설들 때문이다. 이 책에 모인 소설들을 읽다 보면 이런 이야기를 만드는 작가는 어떤 시간이라도 기어코 '잘' 살아내고 있을 거라는 생각이 들고야 만다. 그가 하는 이야기들이 다 위대한 인생, 멋들어진 인생을 보여준다는 뜻은 아니지만, 그의 이야기 속 다사다난, 우여곡절, 파란만장 들은 이유 여하를 불문하고 잘 살아낸 이야기가 아닐 수 없고, 그런 이야기를 만들어 들려주는 일이란 결국 잘 사는 방법 중 하나가 아니고 무엇이랴 싶은 것이다. 누구에게나 주어진 자기 몫의 생을 누구보다 잘, 풍부하게 또는 만족스럽게 살아내는 일에 대해 자꾸 생각해보게 된다. 주어진 생의 크기와 무게는 다 다르니까 잘 사는 능력과 방법도 제각각이겠지. 잘 사는 능력에 더 관심이 생기고 잘 사는 방법을 더 알고 싶어진다.

시간의 부피와 밀도

먼저, 잘 살려면 더 많이, 더 크게 살아야 한다. 더 오래 살아야만 더 많이 산 것은 아니고, 매 순간 삶의 밀도와 부피를 감각하는 데서 생의 질량과 크기는 만들어질 것이다. 김성중의 이야기들에서는 자주, 물리적인 시간의 감각이 부풀기도 하는데, 이런 때 어떤 경험의 밀도는 높아지고 삶의 질량은 한껏 커지는 것만 같다. 이를테면 「레오니」의 레오니가 여섯살 때 마닐라에서 보낸 이주일, 전 세계 곳곳에 널리 퍼져 살고 있는 '리살'씨 대가족이 오년에 한번 증조할머니의 집에 모두 모여 날마다 파티를 여는 그 이주일 동안은, "모두가 방학인 것 같"(29면)은 행복한 한 때의 시간만이 아니다. "여섯살을 지나, 열두살을 지나, 스무살을 지나, 그렇게 점점 이 시간에서 멀어져"(13면)갈 때마다 레오니에게 떠올라 다시 느끼게 될 그 시간은, "나를 통과할 수많은 레오니들이 영원히 그리워하게 될"(28면) 시간이며, "먼 훗날 세상에서 가장 외로운 사람이 되었을 때"(30면) 기어이 레오니를 지탱해 줄 시간이 될 것이다. 「해마와 편도체」에서 학교에 안 가고 책만 읽는 18세 소년 '나'가 괴팍한 60대 노인네 '편도체'와 세대를 뛰어넘는 특별한 우정을 나눌 때, 그 경험은 그와 보낸 한 철의 시간에 한정되지 않는다. 편도체와 함께하는 시간을 즐기고 좋아하게 되자 "그를 알게 되어 이만큼 커진 세계"가 나타나지만, 그 시간이 더 의미심장한 것은 커진 세계 때문만이 아니라 결국엔 "그를 잃게 되어 그만큼 사라질 세계를 품고 있"(83면)는 경험의 단단한 무게 때문이다. 이들의 '지금 이 순간'은 한층으로 펼쳐진 일면적 시간이 아니라 앞뒤 양옆의 시간 사이에 놓여 "먼 미래에서 지금 이 순간을 들여다본 비밀"(84면)을 품은 여러층의 단면(斷面)적 시간으로 경험된다.

우리의 경험은 일어난 순간 그 자리에만 존재했다가 사라지는 게 아니다. 그것은 저 멀리에서, 미래나 과거나 또다른 몽상의 시공 어디에서나 동시에 바라봐질 수 있는 시간 위에서 발생한 것이고, 그렇게 생각할 때 지금이라는 시간은 눈앞에서 사라져버리는 허상이 아니게 된다. 「정상인」에 등장하는 과거, 아니 현재를 보자. 과거엔 혁명을 꿈꾸던 가장 불온한 지식조차도 이제는 "무해한 것으로 변해 인류가 한때 꾸던 꿈이나 아이디어 정도로 취급받"(110면)지만, 과거의 그 경험, 그 시간이 완전히 사라진 것이라고 할 수 있을까. 예컨대 이런 상상, "지금 이 순간에도 나선형 은하는 맹렬한 속도로 우리에게서 멀어지고 있을 것이다. 마르크스와 엥겔스, 바쿠닌과 크로포트킨, 그 외 전 세기의 혁명가들을 바리케이트에 싣고 저 멀리 블랙홀을 향해 빨려 들어갈 것이다"(114면)라는 상상만으로도, 한 경험은 영원히 '진행 중'인 사라짐이 되어 영원히 진행 중인 우리 삶의 주위를 맴돌지 않겠는가. 지금 밖에서 들려오는 시위대의 노래와 함성 또한 "가장 먼 미래로 날아가 그들을 바라보고 싶다는 생각"과 동시에 곧 "각자의 은하로 떠나는 시위대의 모습"(114면)과 겹쳐져 경험되듯이 말이다.

삶이라는 시간이, 현재(들)의 경험이 놓인 한층의 시간으로 흐르면서 점점 소멸되어 가는 것이라면 가장 오래 산 사람이 가장 많이 산 사람일 것이다. 그러나 삶은, 다른 시간(들)의 경험이 겹겹이 쌓인 여러층의 시간을 뚫고 통과하면서 점점 길어지는 것인지도 모른다. 그러니 시간을 부풀려 풍부하게 산다는 것은 유한한 생의 시간을 물리적으로 늘이는 것과는 전혀 다른 이야기다. 「에디 혹은 애슐리」에서 주인공이 겪는 불면의 시간은 백년 동안 정지해버린 시간을 낳았으나 이것을 100세 수명 연장에 대한 상상으로만 읽을 수는 없다. 젠더 갈등을 겪던 '나'는 정지된 그 시간 속에서 "여한 없이 퀘스처닝을 누릴 수 있"(32면)게 됨으로써 "나를 위해 하느님이 마련하신 새로운 에덴"의 시간을 산다. "젠더는 한 시절 잘 입고 다음 계절이 오면 맞지 않는 옷처럼 변"(43면)하는 것일 뿐이니 "한번에 하나의 젠더씩 입어보"면서 "여러 젠더를 횡단하며 천천히 실험해"(41면)볼 수 있게 된 것이다. 이 실험이 다만 상상의 공허한 유영이 아닌 것은, 이 세계에서 "나는 어느 때보다 주체적으로 행동했고 용의주도"(41면)하게 움직였기 때문이다.* 그리하여 "태어날 때 영혼이 온전히 담길 몸을 지니지 못했지만 죽을 때에는 나 자신으로 눈을 감을 수 있을 것이다."(53면) 영생 같은 백년이 보태어져 그의 삶이 더 풍부해졌다면, 그가 장수를 누렸기 때문이 아니

---

* 이 이야기에서 시간이 흐르지 않은 백년이란 설정을 주인공의 불면의 시간을 은유한 것으로 볼 수 있는 까닭은 "매일매일 코스튬 의상을 고르듯 지내면서도 내가 나로 남을 수 있던 것은 변함없는 강력한 정체성, 불면증 환자이기 때문이었다."(41면)와 같은 대목 때문이다.

라 그의 모든 시간이 마침내 자기 자신으로 수렴될 수 있었기 때문이다. 시간의 부피는 죽음을 미루고 늘어난 삶의 길이가 아니라 죽음처럼 어두운 시간까지 스스로 수용할 수 있는 삶의 용적이다.

그렇다면 누군가의 시간은 제 몸의 시간을 지나고, 유한한 생명의 한계를 넘어서까지 확장될 수도 있겠다. 「상속」의 기주와 진영은 문학아카데미에서 8주간 같이 공부했던 '시절 인연'으로 만나 당시 선생님의 유품인 책들을 물려받고 또 물려주는 시간을 지나는 중이다. "주목받는 유망주였지만 첫 책을 낸 지 이년도 되지 않아 세상을 떠"(180면)난 선생님의 재능은 그녀의 삶에서 충분히 펼쳐지지 못했으나, 쉰살이 다 돼 "증언하고 싶은 경험 때문에 글쓰기를 시작"(179면)한 기주에게로 건너가 가장 찬란한 문학의 시간으로, 죽음에까지 "가져가고 싶은 단 한권의 책"(183면)으로 남아주었다. "병이 주는 기척을 주의 깊게 살피며 하루하루를 보"(171면)내는 기주에게서 이제 진영에게로 다시 상속될 선생님의 유품은 도스토옙스키와 카프카와 마르케스와 함께 진영의 "저 무거운 펜을 일으켜 세"(190면)워 줄 것이다. "선생님과 기주 언니가 그어놓은 밑줄이 항아리에 새겨져 빛이 닿을 때마다 문양처럼 반짝이지 않는가."(189면) 책이란, 글이란 그런 것이다. "가장 최근에 독자가 된 사람이 죽고 난 다음에도 사라지지 않을 항아리들이다."(189면) 꼭 잘 빚어진 항아리가 아니어도 좋다. "빛은 비단 항아리에서만 나오는 것이 아니"고, "발밑에 채는 무수한 파편들, 사금파리의 연약한 미광"(189면)에서도 나오니까. 따지고 보면 우리의 삶은 내내

'시절 인연'의 연속이지만, 인생의 마디마디를 이루었던 무수한 인연들——그것이 사람이든 자연이든 책이든 그들과 함께 벅차게 느꼈던 환희, 진저리쳤던 고통, 지리멸렬했던 권태……——이 그저 스치고 만 것은 아니다. 책이 있다면, 글이 있는 한, 어떤 '시절 인연'은 "몇백년 전의 세계가 가볍게 시간을 넘어 눈앞에 펼쳐지"(176면)는 아찔한 느낌으로 반복된다. 삶들은 잇대어지고 그리하여 어떤 시간은 불멸한다.

링에 오를 때는 맞을 각오를

어떤 사건, 시간, 경험을 여러겹으로 통과함으로써 누군가의 삶이 풍부해졌다면, 그는 탄력적인 시간 감각의 소유자라기보다 주체적인 시간 의식의 소유자일 것이다. 김성중의 이야기들에는 납작한 반죽 같은 인생은 잘 나타나지 않는데, 그 반죽이 공갈빵처럼 부풀어 있는 형상인 것은 아니고 반죽 속에 무언가 몽글몽글 차 있어서 실제보다 부풀어 보이는 듯하다. 그들의 인생이 유난히 환한 것들로 채워져 그 빛으로 커 보이는 것 같지는 않은 것이, 누구의 운명이나 그러하듯, 거기엔 기쁨, 슬픔, 사랑, 미움, 분노 등등 말하자면 희노애락애오욕(喜怒哀樂愛惡慾)이 고루 들어있을 뿐 아니라 인생이 고해(苦海)임을 알리는 숱한 깨달음이 가득하기 때문이다. 대개 "좋은 순간보다 나쁜 순간이 훨씬 더 힘이 세다는 것"(25면),

"운명을 의심하면 운명 쪽에서도 호의를 거둬버린다는 것"(119면), "기억을 해석하기보다 삭제하는 것이 약한 자신을 보호하는 방법이라고 무의식중에 믿"(216면)는 것, "인간은 원치 않는 모순에 붙들린 채 살아간다는 것"(170면) 등등, 각 편의 이야기에서 인생이라는 반죽을 맛볼 만한 음식으로 만드는 데 들어가는 재료들은 오히려 달콤한 것, 편안한 것, 상냥한 것 들과는 거리가 멀다. 이 책에서 가장 행복하고 아름다운 순간을 소유한 '레오니'네 가족들조차 "서로에게 상처를 입힌 채 다음 삶으로, 식어버린 희망을 품고 나아갈"(25면) 미래를 앞두고 있다. 이 책에서 가장 거칠고 잔혹한 일들을 겪은 '배꼽 입술, 무는 이빨'은 어려서부터 폭력을 겪었기에 "'무사함'이야말로 내가 누릴 수 있는 최고의 상태"(142면)라고 말할 수밖에 없는 불행을 지나왔다.

고통과 번민을 피하려면 희노애락애오욕에서 벗어나야 한다지만, 그것을 피하거나 제거할 수 없다는 사실이 인생의 설정치(設定置)에 더 가까울 것이다. 달고 편한 것, 기쁨 즐거움 사랑 희망 등으로만 삶의 용적을 채운다면 더 잘 살아낸 또는 더 잘 완성된 인생이라고 할 수 있을까. 애초에 그런 선별과 선택은 가능하지도 않지만, 그보다도 삶에서 일어나는 모든 일은 자기 인생의 가치를 만드는 재료가 될 수 있다는 생각에서부터 김성중의 이야기는 시작된다. '고난도 내 삶의 일부다' '슬픔도 힘이 된다' 등의 위로 쪽보다는 '링에 오를 때는 맞을 각오를 해야 한다'는 파이팅 정신 쪽에 가까울 터인데, 이들은 대개 "운 좋은 어린애들"처럼 맞이한 행복은 인생의 진짜 가치가 될 수 없고 "고통을 모르는 사람은 내면이 없는 것"(77면)이라 여기는 부류인 것이다. 이들에게 인생이란 생명이 부여된 자에게 그냥 주어진 세월이 아니라 삶에 대한 소망과 실망, 기대와 책임, 열정과 불안 등이 합심하여 생명을 삶으로 만들어가는 시간이다. 그러니 고통보다도 죽음보다도 더 삶에 위협적인 것은 불행에 시들어버리는 무기력, 절망에 지고 마는 나약함일 것이다.

무기력과 나약함을 극복하고 삶이 생명의 진정한 가치가 되는 데 꼭 필요한 것은 무엇일까. 맞을 각오를 했다고 맞아도 안 아픈 건 아니고 아픔을 '정신 승리'로 다 이겨낼 수는 없다. 그러나 희로애락의 경험을 스스로 택하거나 피하지는 못해도, 자기의 희로애락을 스스로 운용할 수는 있지 않을까. 생명의 가치라고 말했거니와, 그것은 삶의 질료가 아니라 질료를 움직이는 활력, 에너지일 것이다. 「배꼽 입술 무는 이빨」의 주인공이 분노와 슬픔을 감당해가는 과정을 보자. "살면서 많은 일들이, 주로 좋지 않은 일들이 벌어졌"으나 "그 일로부터 살아남아 나를 방어해야 했"(140면)던 그녀에게 습관적 자기비하와 나약한 쾌락은 자연스러운 결과처럼 나타났다. 폭력에 휘둘리고 사랑에 굶주린 그녀에게 정작 필요한 것은 복종과 인내가 아니라 차라리 분노와 거절이다. 무력한 삶을 일으켜 세울 에너지를 얻으려면 비현실적이더라도 극단적인 스토리가 필요하지 않았을까. 욕설과 음담을 거침없이 내뱉는 배꼽과, 살점을 씹고 싶은 이빨의 포악한 충동은 그녀의 분노가 고용한 몽상(夢

想), 혹은 그녀의 분노를 운용하는 몽상이라 해도 될 것이다. 이 몽상 덕분에 그녀는 말하는 나무 '목부'를 만나 그가 베푼 "한결 같은 응시와 내 설움을 끝없이 들어주는 조용한 우정"(155면)을 알게 된다. 마침내 숲의 모든 친구들과 함께 온몸의 구멍으로 웃음소리를 쏟으며 "목부의 갈라진 틈으로 영원히 빨려 들어"(159면)갈 때까지, 그 몽상은 아마도 고독 속에서 내내 비참했을 그녀의 인생을 자연 속에서 곱게 늙어 간 할머니로 마감하게끔 도와주었다.

「나무 추격자 돈 사파테로의 모험」에 나오는 고독한 사내의 퇴행적인 슬픔은 어떻게 그를 계속 살 수 있게 도왔던가. "슬픔을 사랑하는 나쁜 습성 때문에" 인생의 매순간을 망치고 늘 "일부러 불안을 만들어 행복과의 거리를 유지"(119면)하려던 사파테로는, 유일한 사랑이자 도락이었던 아내를 잃고도 울지 않았다. 기뻐할 줄도 슬퍼할 줄도 모르는 머저리에, 고통으로 헐떡이는 심장을 그저 묵직한 책으로 눌러 놓으려고만 하는 불쌍한 천치이지만 그에게도 이유는 있었으니, "아내가 죽었다고 해서 사랑이라는 감정을 애도로 바꿀 생각은 전혀 없었"(120면)기 때문이다. "사랑을 박제"(120면)하려 했던 것이다. 그러나 아무리 어리석은 자에게도 슬픔과 괴로움에 영원히 붙잡혀 사는 형벌은 지나치게 가혹한 것이다. 그의 꿈이 그를 구할 수밖에. '돌아다니는 나무'와 그 나무를 이끄는 새로 하여금 그를 유혹하여 죽은 아내의 정령을 만나게 하고 마침내 아내를 죽은 것들의 세계로 들여보내는 꿈. 그가 기어이 흐르는 눈물을 닦으며 깨어날 수 있었던 그 꿈은, "우울증이 만들어낸 악령"(126면)이 아니라 눈물을 통해 상실을 애도하고 미소를 되찾게 해준 구원의 몽상이다.

눈물로써 슬픔을 다스린 몽상과 나란히, 슬픔의 눈물을 희망의 용기로 바꾼 몽상의 여정도 읽어보자. 「마젤」의 그녀는 "숨죽여 우는 지긋지긋한 슬픔"(193면)에서 달아나는 길에 '라푼젤' '도로시' '빨간 모자' '마젤과 슐리마젤' 등 동화 속 인물들과 함께 모험을 겪는다. "괴로운 순간마다 공상으로 달아나는 버릇은 유년 이후 굳어진 습관"(195면)이었지만 언제까지나 그것이 현실의 "'보류'와 '지연'의 담요"(194면)인 것은 아니었다. 폭군으로 변해버린 연인이 "수모를 주고 공격을 하고 모멸에 찬 언사를 늘어놓"(192면)으며 몰아세우자 그녀는 "동화에 나오는 여자아이들"(208면)을 불러 모아 이들을 구하고 함께 역경을 헤쳐 나가게 된다. "동화에서 시작해 악몽으로 끝나"(211면)게 될지 모르는 위기의 순간마다 "모든 것을 놓아버리고 절망에 투항해버리고 싶은 유혹이 치밀어 올랐"(215~16면)으나 그런 나약함이 불러왔던 폭력에 다시 휘둘릴 수는 없다. "여자 아이들을 만난 이후 그녀에게는 '보호'와 '책임'의 감정이 생겨났"(212면)기에 이제 그녀의 눈물은 "습관성 절망이 아니라 깊고 날카로운 회한의 눈물"(216면)이다. "눈물 씨앗이 만들어낸 파도 속"(217면)에 삼켜진 그녀는 두갈래로 갈라진 파도 끝의 광장으로, 마침내는 동화 속이 아니라 동화 바깥의 세계를 향해, "동화책에 나오지 않는 소녀"(218면)가 되어 걸어 나온다.

몽상이라는 심미적 번역

"꿈속에서 꾸는 또다른 꿈"(202면)같은 것, 이야기가 저절로 굴러가는 동화 같은 것만 몽상이라면, 이 책의 이야기들 중 절반에 대해서만 이야기할 수 있었을 것이다. 그러나 김성중의 이야기가 몽상으로 도모하는 바는 현실의 "크고 벅찬 문제일수록 납작하게 눌러서 당장은 버틸 만한 것으로 바꾸어놓는"(34면) 데만 있지 않다. 몽상의 중요한 작용은 "마음껏 혼란을 누리며 불온한 공기를 깊이 들이마"시고, 몽상 속에서 "나의 농도와 세상의 농도가 처음으로 맞아 떨어지는 느낌"(41면)을 누리는 것이다. 서로의 농도 차를 줄이며 세상과 내가 비로소 만나는 것, 이것이 곧 김성중 이야기의 몽상이다. 이때 몽상은 '세계에 대한 번역'이다. 내가 만난 세계를 가장 잘 누릴 수 있도록 옮겨 놓은 번역. 지성으로 인식하는 세계가 아니라 완전히 압도당하고 사로잡힌 세계를 격렬하게 통과한 흔적.* 그러고 보면 도처에 몽상의 느낌과 의지가 있다. "다 책대로 됐는데 혁명만 오지 않"(109면)은 미래에 당도한 2020년의 우리가 "이제 캠도 없고 혁명도 없고 레이지 어게인스트 더 머신도 앨범을 내지 않고 정상인 선배는 상인이 되어버린 세상"(113면)을 살아가

---

* "소설은 일종의 번역입니다. 나의 인식이 더해진 세계에 대한 번역. 그런 인식은 차가운 지성으로 이루어지는 것이 아니에요. 완전히 압도당하고 사로잡혀 포로가 되는, 그런 경험이 필요해요. 우리에게 격렬함이 필요해요."(207면)

는 마음에도, 친구의 죽음 이후를 상상하며 그가 사라지면 나는 영영 허공에서 내려오지 못하는 게 아닐까 하는 "소중한 공포"(83면)에 젖어 "도시라는 거대한 책"(83면)을 계속해서 읽어보려는 눈에도, 현실과 일상을 스스로 장악하려는 몽상가의 편력이 스며있지 않은가.

삶의 현실적 세계는 억압과 폭력, 숫자와 효율, (몰)상식과 (비)규제 등으로 부자유스럽지만, 그 때문에 삶의 활기를 포기할 수는 없다. 몽상은 현실의 부자유를 벗어던질 수 있는 정신의 자유다. 상상하기이자 기억하기이고, 무엇보다도 꿈꾸기인 몽상을 통해 우리는 어떤 현실에서도 '겁먹은 영혼'이 되지 않을 용기를 얻는다. (「에디 혹은 애슐리」에서 불면이라는 지루한 시간을 영생이라는 기발한 상상으로 바꾸고, 트랜스젠더라는 특수의 혼란 또는 곤란을, 이행 또는 실험의 '익명적 느낌'으로 즐기는 그가 진정 자유로운 몸과 마음의 주인이 된 것을 다시 상기해본다.) 몽상한다는 것은, 불행에 굴복하지 않는 힘, 아니 불행을 붙잡아 자기 삶을 확장하고 고양하는 에너지로 활용하고야 마는 가장 주체적인 방책이다. 한가지 특징을 덧붙이자면, 이 몽상의 활력은 삶을 위한 수단이기만 한 게 아니라 삶이라는 상태의 지향점이다. 삶에 활력이 있거나 없거나 한 게 아니라 활력이 있어야 곧 삶이라는 것. 즉 이 활력은 삶에 필요한 힘인 것만이 아니라 삶이 목표로 하는 힘, 삶 자체의 힘인 것이다.

삶을 풍부하고 만족스럽게 영위하는 일에 세상의 어떤 물질도 어떤 권력도 들이지 않고, 오로지 자기 자신의 마음을 채우는 생기와 활력을 추구하는 이들이 있다. 이들은 자연이나 물리 법칙, 세상의 기준이나 구조에 초점을 둔 '객관적인' 현실을 무시하는 것이 아니다. 오히려 그 현실 속에서도, 혹은 현실에도 불구하고, 자기를 해방시키고 실현하려는 의지를 관철시키려면 철저한 자기 객관화를 겪을 수밖에 없기 때문이다. '객관적 현실' 안에서 꿈꾸는 이들은 지옥 같은 세상에서 천국을 그리워하는 다만 병리적인 개인으로만 남을지도 모르지만, 그들의 꿈이 소설 속 현실이 될 때는 지옥 같은 세상을 거스르기 위한 자기 검열이 가차 없이 작동할 수밖에 없다. 몽상이라는 자기 창조는, 자기의 상상적인 내면, 정념, 주장을 노출한 것이 아니라 자기-의식을 '비주관적인' 현실로 드러낸 것이다. 따라서 몽상은 습관이 아니라 소신이다. 무언가를 중요하게 생각하는 능력으로서, 가치를 추구하는 하나의 방법으로서, 몽상은 기질이나 성격이라기보다 삶을 대하는 태도이자 세상에 맞서는 자세일 것이다.

바로 이런 능력과 방법이 있어 모든 인생은 '잘 살아야 한다'는 명제를 내걸 수 있는 게 아닐까. 역병이 돌아서 보고 싶은 얼굴을 맞대거나 손을 맞잡지 못해도, 먼 나라의 아름다운 도시는커녕 가까운 공원의 꽃그늘 아래를 거닐지 못해도, 인간은 잘 살아야 하고 잘 살 수 있어야 한다는 것을 진하게 실감하는 요즘이다. 모두의 안녕을 바라며 있는 힘껏 단순한 방식으로 일상을 지낸다 해도, 더없이 풍성하고 열렬한 삶의 결들을 포기하는 것은 아니어야 하니까 말이다. 살 만 해서 사는 게 아니라 살아낼 수 있다면 살 만한 것이 될까. 즐거운 것만 즐기는 게 아니라 즐길 수 있다면 즐거운 것일지도. 고난도 역경도 슬픔도 묵묵히 받아들이라는 체념이 아니라 고난과 역경과 슬픔에 굴하지 않게 자기 돌봄을 포기하지 않아야 한다는 믿음, 이것이 얼마나 절실한지 요즘 부쩍 깨닫는 길에 이 책의 이야기들이 앞을 터주고 있었다.

白志恩 | 문학평론가

| 작가의 말 |

저는 지금 코스타리카 니코야반도의 끝, 까보블랑코라는 곳에서
이 글을 씁니다. 멀리서 흰 종이를 대하면 어쩐지 문장이 편지로
변해버립니다. 그래서 수신자가 있는 글을 써보려 합니다. 어딘가
에 있을 독자에게 편지를 쓴다고 생각하니, 바다 한복판에서 보트
의 정박지가 정해지는 느낌이 듭니다. 독자라는 섬을 향해, 이 오후
의 보트를 달려보겠습니다.

사실 떠나오기 전까지 무겁고 우울했습니다. 세번째 창작집에
들어갈 원고 뭉치를 출판사에 보내고 나서 더 그랬어요. 왜 그랬냐
면……

묶어놓으니 선명히 보이더군요. 현실의 중력과 상상력의 부력
사이에서 분열된 시기를 보내고 있다는 것. 나이는 중년으로 접어
들고, 늦은 결혼과 출산으로 두번째 질풍노도의 시기가 들이닥쳤
습니다. 가벼웠던 일상이 복잡한 행정으로 변했고, 아이는 압도적
으로 귀여웠습니다. 이 작고 사랑스러운 교황이 저의 펜을 쓰러뜨
릴까봐 전전긍긍했지만 다행히 첫째는 둘째를 미워하지 않았습니

다. 첫째, 즉 저의 글은 제 아이를 미워하지 않았고 둘째, 즉 제 딸은 여전히 언니가 우선일 때도 있다는 것을 납득하여주었습니다.

그럼에도 꽤나 지쳐버렸고, 자꾸 흐트러지곤 했습니다. 글을 쓰러 간 카페에서 저도 모르게 꾸벅꾸벅 졸 때가 있는데, 불에 올린 설탕이 액체로 변하듯 짧은 순간이 어찌나 달콤하게 졸아드는지요. 이따금 꿈과 의식의 중간에서 '소다'에 해당할 만한 하얀 가루를 찾아내 한젓가락 콕 찍어서 휘휘 저으면 투명한 부분이 하얗게 굳으면서 맛있는 설탕과자가 됩니다. 그러니까, 꿈속의 이야기가요. 그러면 퍼뜩 일어나 방금 전의 아이디어를 붙잡으려 애를 쓰지만 창작의 국자는 새카맣게 타버렸을 뿐, 또 하나의 국자를 못 쓰게 망가뜨려놓고 엄마한테 혼날까봐 맘 졸이던 열두살로 돌아가버립니다. 배낭에 글자 몇개 담아가지 못하고 집으로 돌아가는 저녁이면 풀 죽은 그림자가 길게 달라붙어 있었죠.

그런데 벼르고 별렀던 여행을 떠나와 바다에 몸을 담그고 태양에 까맣게 그을리는 나날이 이어지니 두려움이 땀구멍으로 많이 빠져나간 듯합니다. 일종의 삼투압 현상처럼, 바다의 파란 기운이 제 안에 들어온 것 같습니다. 용기. 지난 몇년간 가장 절실했던 단어는 용기가 아니었나 싶습니다.

저에게 용기를 주었던 모든 순간들, 모든 사람들에게 감사드리고 싶습니다. 가족과 친구들, 여러 종류의 교실에서 만난 학생들, 루시아 벌린을 비롯해 우정을 느끼는 죽은 작가들에게 감사드립니다. 여행 중에 앞니가 세개나 달아난 이숲이에게 특히 고맙습니다.

새로 돋아날 이숲이의 새싹 이빨처럼 제 글이 튼튼하게 자라기를 소망합니다.

　여전히 엉망진창이지만, 그래도 제 앞에는 설계도가 여러장 있답니다. 당장 발부리에 걸리는 돌멩이는 어쩌지 못하면서 화성으로 떠나는 우주선에는 곧장 올라타는 식이죠. 투명한 설탕물을 하얗게 만들어줄 소다 가루가 아직 두 팔에 남아 있고, 여전히 생겨날 것이라고 믿고 있으니까요.

　방금 스페인어 사전을 찾아봤는데, 까보(cabo)는 '끝' '가장자리'라는 뜻이 있다고 하네요. "까보는 진리야." 남편은 눈부신 바다를 보고 이렇게 중얼거렸습니다. 그러고 보니 지명에 '까보'라는 단어가 들어가는 장소는 다 근사했던 것 같아요. 이 책은 저의 어떤 가장자리에서 쓰였지만 눈앞의 바다처럼 근사하진 않네요. 그렇지만,

　언젠가 제 우주선에 여러분 모두를 초대하고 싶습니다.

2020년 여름 나라의 겨울에서
김성중 드림

| 수록작품 발표지면 |

레오니 ······ 『악스트』 2018년 7/8호

에디 혹은 애슐리 ······ 『인생은 언제나 무너지기 일보 직전』(큐큐 2019)

해마와 편도체 ······ 『현대문학』 2018년 5월호

정상인 ······ 『창작과비평』 2019년 여름호

나무추격자 돈 사파테로의 모험 ······ 『현대문학』 2015년 6월호

배꼽 입술, 무는 이빨 ······ 『한국문학』 2014년 여름호

상속 ······ 『문학동네』 2017년 가을호

마젤 ······ 『릿터』 2019년 8/9호

에디 혹은 애슐리

초판 1쇄 발행 • 2020년 6월 12일

지은이 / 김성중
펴낸이 / 강일우
책임편집 / 한인선
조판 / 한향림
펴낸곳 / (주)창비
등록 / 1986년 8월 5일 제85호
주소 / 10881 경기도 파주시 회동길 184
전화 / 031-955-3333
팩시밀리 / 영업 031-955-3399 · 편집 031-955-3400
홈페이지 / www.changbi.com
전자우편 / lit@changbi.com

© 김성중 2020
ISBN 978-89-364-3815-9 03810